SAMOYED

萨摩耶犬

化学工业出版社
·北京·

萨摩耶犬是爱犬人家比较喜欢的优秀犬种。它体貌俊美、充满活力、活泼开朗、乖巧可人，又易于驯养。许多爱犬人士对这"微笑的天使"宠爱有加，并对陪伴着它们引以为豪。

由于萨摩耶犬灵动飘逸、个性十足、驯养渐盛，为此我们约请多位专业人士，将其有关吃、住、行、玩、乐等方面，以及时尚消费生活的宝贵体验编成这本"宝典"，供已经拥有或希望拥有萨摩耶犬的朋友们参考。

图书在版编目（CIP）数据

萨摩耶犬 / 林海主编.—北京：化学工业出版社，2011.10
（宠尚生活系列）
ISBN 978-7-122-12237-7

Ⅰ. 萨… Ⅱ. 林… Ⅲ. 犬-驯养 Ⅳ.S829.2

中国版本图书馆CIP数据核字（2011）第180508号

责任编辑：刘亚军　　　　　　　装帧设计：水长流文化发展有限公司
责任校对：宋　夏

出版发行：化学工业出版社（北京市东城区青年湖南街13号　邮政编码100011）
印　　装：北京瑞禾彩色印刷有限公司
880mm×1230mm　1/32　印张6　字数184千字　2012年1月北京第1版第1次印刷

购书咨询：010-64518888（传真：010-64519686）　　售后服务：010-64518899
网　　址：http://www.cip.com.cn
凡购买本书，如有缺损质量问题，本社销售中心负责调换。

定　　价：35.00元　　　　　　　　　　　　　　　　版权所有　违者必究

本书编委会成员

林 海 谢森翔 杨 玲 刘载春
吕仁山 张 辉 周 宇 孟 静

前言

PREFACE

这是国内首部单犬种精品消费类时尚养宠"宝典"系列丛书。

当一只狗狗来到我们身边，我们的关注并非仅仅停留在它的体貌特征和性格特点上。在狗狗十来年的生活中，离不开吃、喝、住、行，经历着成长、壮年、变老，时时刻刻都离不开我们的悉心照顾及精心护理。

对于一个养犬的家庭或者个人来说，养犬的消费往往有不同的观点：一方面，养犬是一件很简单的事情，没有必要强调"消费"，吃什么都一样；另一方面，养犬是一件不简单的事情，每个细节都必须追求"到位"，"消费"应当合情合理，讲究科学。

目前，宠物经济的发展已经逐步形成一个新兴的产业，也在逐步影响着养宠人的生活。为宠物专门研制的各类产品，已经不仅是简单地满足狗狗日常的生存需要，而是更加强调细节的功能化、差异化、人性化，在提高狗狗生活品质的同时，人们的使用也越来越安全、便利而有效。

作为每一类特定的犬种，养宠"宝典"系列丛书并非以点带面，统一地将内容安插在每一个犬种上，而是通过有序而明晰的引导，细致翔实的笔触，将涉及特定犬种的一个个似乎熟悉但观念上又很模糊的问题娓娓道来，再加上生动的画面，会让读者有身临其境的感觉。

萨摩耶犬在我们的生活中广受欢迎，虽然也有体型较大、长毛飘飘的纠结，但很难抵御它"天使般"微笑的面庞对我们的"诱惑"。目前，萨摩耶犬已经相对都市化，很好地适应了环境差别，尽管是身处公寓中，也可以寻求一种惬意的生活，与我们很好地生活。萨摩耶犬的精致生活给人们创造出更多的想象空间，对于追寻品质、品牌、品位的养宠人，它不仅给我们带来更多的快乐与幸福，更能享受到一种骄傲和欣慰。

本书不忽视日常生活的点滴细节，只要涉及爱犬的"消费"秘籍，力求面面俱到。消费是一门学问，养一只人见人爱的萨摩耶犬需要掌握更多的科学方法，了解适合实用的日常习惯，汲取更加人性化的养犬经验，避免消费上的种种误区。以"消费"作为一种养犬时尚，更是体现了对美好生活的追求。

为帮助养犬人士对当今宠物时尚生活有比较直观的了解，我们约请部分国内外知名品牌的代理商，公益性地提供许多产品的品种和式样，其旨意在于让大家对宠物商品市场有更多的了解。这个有别于其他图书的做法，希望对读者有一定的帮助和借鉴。

在此，非常感谢《宠尚生活》编委会老师们付出的辛勤工作，他们对专业要求一丝不苟，给予了多方面技术层面的建议和指导，提供了更广泛的养犬素材及应用介绍。感谢拍拍宠客时尚生活连锁机构全体同仁的共同努力。感谢业界各大宠物产品代理商、生产厂商包括北京明祥达、海巍（国籍）宠物中心、中景世纪、北京凌冠商贸有限责任公司、三美宠物用品有限公司、北京长林宠物用品有限公司、北京众智金成商贸有限公司（不分排名先后）等单位的大力协作。感谢拍拍宠客时尚生活连锁机构加盟店、品牌加盟店、品牌合作店配合拍摄。感谢叶海强先生以及家人对本丛书的支持与关注。

特别感谢北京尊宠犬业张辉先生、金苹果犬舍吕仁山先生、清欣犬舍奚贵军先生和韩印女士、一麦犬舍等业内资深老师和专家对本书编写过程的倾心配合与全力协助。

最后，衷心地感谢所有关心拍拍宠客时尚生活连锁机构发展的朋友！

编者

2011年5月

CONTENTS

目录

第**3**章　萨摩狗狗
有家的感觉

第**4**章　萨摩狗狗
玩个痛快

第**5**章 萨摩狗狗

吸引眼球的本领

第**6**章 萨摩狗狗

减肥不是梦

第**7**章 萨摩狗狗
行走四方

第**8**章 萨摩狗狗
家中百宝箱

第**9**章 萨摩狗狗
宠尚奇缘

SAMOYED

第1章

宠尚家族
萨摩耶犬

萨摩耶犬风采

　　萨摩耶犬，并非一般意义上的宠物犬，安逸的生活已经使它们极地驰骋的狂野个性变得温存，但骨子里仍潜移默化地存在着释放自我的豪情；出色的体貌让我们由衷地迷恋它们的身姿与"笑脸"，而那睿智的眼神中还流露着工作犬的自信和坚定；尽管它们给一家上下带来快乐和满足，却更希望"生命在于运动"，"宅"了就不是萨摩耶了，萨摩耶犬更需要多多地"给力"！

　　萨摩耶犬，并非仅仅伴侣犬这样简单，在一起生活的过程中，我们既能够挖掘它们的聪明、好学和充满幽默，又能够发现它们的意志力和忍耐力，培养出更加优秀和人见人爱的个性魅力来！

　　不要忘记，这是我们的萨摩耶犬，有更多的精彩等待着我们来亲身体验！

萨摩耶犬很久以前陪伴着萨摩耶人

1 家族星闻

　　萨摩耶犬早期与生活在现在的俄罗斯境内的萨摩耶人一起放牧驯鹿，拉雪橇，过着与世隔绝的游牧生活，直到欧洲探险家将这些原始部落的人们称为"SAMOYEDS"，即"自己独立生存"的意思。可见，萨摩耶人和萨摩耶犬之间的关系是如此密切。

　　萨摩耶犬自17世纪以来保持着原始犬种的状态，许多习性和天然体质，几百年来的传承都没有离开与人的陪伴。

　　无论在极地远征的残酷环境中，还是面对各种各样艰难困苦的考验，萨摩耶犬都会全力以赴地完成任务，当之无愧地成为"工作犬"的典范！

19世纪末期，真正意义上现代萨摩耶犬的科学繁殖进入新的历史阶段，纯白色的萨摩耶犬成了繁殖重点。

1889年，英国引进了第一条萨摩耶种公犬，名叫Sabarka，同期还引进了一条母犬，名叫Whitey Petchora，Whitey Petchora被认作萨摩耶纯白色犬种的奠基犬，大部分美国首批引进的犬种都出自这个血系。

1899年，英国人斯科特和乔治·杰克逊开始起草萨摩耶犬的标准，并建立了该犬种的俱乐部。

1892～1912年，美国引进了萨摩耶犬，并取得了有目共睹的发展。

自此，常见的萨摩耶犬有美系、英系（包括欧系、澳系），还有欧系美系的混合。

萨摩耶犬已经告别了远古的环境，融入了现代都市的生活

2 要点元素

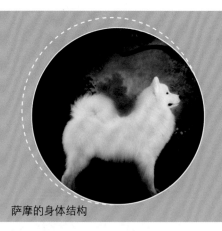

昵称／萨摩
组别／工作犬
产地／伊朗高原
寿命／13岁
身高／公犬 58厘米，母犬53厘米
体重／公犬29公斤，母犬23公斤

萨摩的身体结构

体质／具有充足的骨量和肌肉，兼有很好的协调性和灵活性；骨量过大会显得笨重，过小会显得不够威武；体重、高度比例恰当，视觉上身型更加紧凑。

脸版和头部／呈楔形，宽，头顶略凸；口吻中等长度、中等宽度，既不粗糙、也不过长，向鼻镜方向略呈锥形，与整体大小及脑袋的宽度成正确的比例。口吻必须深，胡须不必去除。嘴唇黑色，嘴角略向上翘，唇线不显得粗糙，也没有过度下垂的上唇，形成具有特色的"萨摩式微笑"。

耳朵／结实而厚，直立，三角形、尖端略圆，不能太大、太尖，更不能太小、太圆。两耳间距较开，靠近头部被许多毛发覆盖着，毛发丰满，但耳朵前面没有。耳朵的长度应该与耳根内侧到外眼角的距离一致。

眼睛／眼色偏深，双眼分得较开，杏仁状；下眼睑指向耳根，深色眼圈。

被毛／双层被毛，底毛短、浓密、柔软、絮状，紧贴皮肤，披毛是较粗较长的毛发，披毛直立在身体表面，不卷曲。公犬较母犬被毛丰富些，毛质感觉公犬较母犬硬。

鼻镜／黑色，也会出现棕色、肝色、炭灰色；鼻镜的颜色会随着年龄、气候的变化而改变。

颌部和牙齿／结实、整齐的牙齿，剪状咬合。

胸部／胸深，肋骨从脊柱向外扩张，到两侧变平，不影响肩部动作且前肢能自由运动。理想的深度应该达到肘部，最深的部分应该在前肢后方，约第九条肋骨的位置。胸腔内的心脏和肺能得到身体的保护，胸的深度大于宽度。

腰和背／腰部结实，不长不短，身型比例"接近正方形"，即长度比高度约多出5%。母犬较公性略长。

尾巴特征／尾巴长度适中，覆盖长毛，尾根位置不能太高或太低，应该灵活、松弛。不能紧卷在背后。

前驱／前肢直、平行；有一定长

度，从地面到肘部的距离约占肩高的55%。

后驱／大腿肌肉发达，后膝关节角度恰当（约与地面成45度角）；飞节非常发达、清晰，位置在身高的30%。在自然站立的姿势下，从后面观察，后腿彼此平行，后腿结实，不向内弯，也不向外翻。

爪／足爪长、大，有点平（像兔足），脚趾略微展开，脚趾圆拱，脚垫厚实、坚硬，脚趾间有保护性毛发；自然站立时足爪既不向内弯也不向外翻，允许略向内弯一点。

颜色／萨摩耶犬的颜色为纯白色；白色中带很浅的浅棕色、奶酪色。

幼犬的微笑如此纯真

成犬的微笑如此甜蜜

7

3个性魅力

温和细腻／萨摩耶犬温和的性格，不仅能和我们友好相处，也能与同类和睦相伴，虽然"争宠"是所有狗狗的天性，但萨摩耶犬不喜欢挑衅，不随便攻击，不制造"冲突"，让我们对萨摩耶犬很放心；萨摩耶犬感情丰富，时刻等待着我们的召唤，围绕在我们的身边，希望得到我们的肯定和赞扬。

温和细腻的萨摩耶犬

自我价值的萨摩耶犬

运动激情的萨摩耶犬

运动激情/萨摩耶犬的个性不是很"宅"，不能要求它像一只小猫一样，终日蜷偎在一边晒太阳；萨摩耶犬的个性需要在运动中得到释放，需要通过奔跑展现激情；我们要尊重萨摩耶犬的个性，给予它更多的时间、更多的耐心和更多的帮助。

自我价值/萨摩耶犬如果失去了自我价值的存在，就像失去了勇敢、坚强和忍耐力，变得胆怯、懦弱和敏感，那也就不是一只真正的萨摩耶犬了；我们从小就要将培养良好个性作为与萨摩耶犬一起成长的重要内容，让它们更加懂得自信、做事规矩而散发出一只优秀工作犬和伴侣犬的内在魅力！

4时尚温度

品牌支持度

萨摩耶犬的成长离不开宠物用品、消费场所、各样服务的全力支持。包括品牌主粮、营养调理用品、零食咬胶、玩具、美容护理用品、绳带项圈、家居箱笼；光临宠物美容店、各样训练学校、宠物拍摄专业机构等。

高39摄氏度

活力美誉度

这是展现萨摩耶犬最好的方式！不要把我们的狗狗藏在家中，成为一个"玩具"，让它们接近自然，接近它们的伙伴，接近新鲜的空气，相信回报给我们的不仅是它们的快乐，还有众目睽睽下羡慕的目光，100%的回头率呀！

高39摄氏度

时间陪伴度

包括：每日遛犬时间、每日陪伴时间、定期洗澡时间、定期梳毛时间。

高39摄氏度

生活消费度

包括：宠物用品消费、洗澡、护理消费、防疫健康消费、训练消费、托管消费、宠物拍摄消费等。

高39摄氏度

高39摄氏度

时尚平均温度

幸福快乐度

无须多言了……

高39摄氏度

SAMOYED

第2章

萨摩狗狗
爱吃是天性

狗狗和狼一样，属于机会型食肉动物，并非慢条斯理地咀嚼或咬碎食物，而是采取整个吞咽的方式。

狗狗的食物要适合短消化道和特殊的肠胃系统，也就是说，狗狗的食品要符合个体特点，与人的体质补充食物相差甚远。最适合狗狗的食物是高蛋白、低碳水化合物，还有水果和蔬菜，但要少盐、少糖、少油、少脂肪。

爱吃是狗狗的天性，从它们出生后每天的生活中，寻求美食对它们而言是非常执著的事情之一，它们信奉——"只要醒着就不让美味睡觉"。

当前，针对狗狗"吃"的问题，存在两大观点鲜明的阵营：一个以现成的宠物食品为主，另一个以自制烹调的食品为主，但到底哪种更加科学、营养、健康呢？现成宠物食品符合快节奏生活的需要，饲喂起来方便，营养平衡，易于狗狗吸收；自制烹调食品营养搭配余地大，烹制过程充满乐趣，又可以帮你成为美食专家。

萨摩耶犬（以下简称萨摩）的体形并不庞大，当然，也绝不娇小，尽管它们已经很好地适应了各类环境的挑战，极地环境，美洲、欧洲、澳洲以至于在中国，都没有过多地改变它们快乐好动的天性。

"生命在于运动"，在萨摩身上更增添了"生命还在于美食"的观念，补充运动后的能量，不仅要"吃饱"，还要"吃好"。它对食物的"乞求"，往往让我们很难抵挡那眼神中的"执著"；另外的渠道，萨摩也会自力更生地去寻求食物，这是本性还是原始人教给它们的"生存本领"呢？不得而知。

如果萨摩真的是吃胖了，恐怕，我们不仅要担心营养是否均衡，更很难寻觅到它矫捷的身手与奔跑的灵动，这将是最大的损失吧。

宠物主粮

今天吃什么?

想食物了

15

1吃的适当

在不同的成长阶段，狗狗饮食存在差异，能吃什么？怎样吃合适？瘦狗狗、胖狗狗该怎样吃？无论是现成的宠物食品还是自制烹调食品，都离不开肉！

肉类是狗狗的最爱！

肉类的美味虽然时刻都能激起萨摩蠢蠢欲动的"食欲"，不过，我们划分了少食、可食、优食三个等级，以供朋友们甄选。

● 少食

鸡肝等内脏类/富含蛋白质，维生素，铁、铜等矿物质，而维生素A会破坏钙的吸收。

香肠/狗狗对盐分的需求只有人的1/4，人们食用的香肠等熟食含盐分、香精、调味品、防腐剂等，不利于狗狗健康；可选择宠物香肠作为零食，但某些简易包装、三无标识的香肠慎用！

● 可食

羊肉/蛋白质含量较高，尤其是含大量烟酸（维生素B$_3$），单独进食，热量虽然低，却容易将萨摩喂馋，再喂其他食品很难接受。

牛肉/高热量，高蛋白质，低脂肪，微量元素多，适量进食，适合给成长期的萨摩"增肥"，类似酱牛肉、酱牛蹄筋之类除外。

鸭肉/脂肪酸含量低，易于消化吸收，但鸭油过多，味道也较为浓重，不适合萨摩食用。

● 优食

鸡肉/蛋白质含量高，脂肪含量低，氨基酸种类多，易被消化和吸收。注意，给萨摩食用的仅限鸡胸肉和大腿肉。

人食用的香肠萨摩不要吃

各种肉类

肉类

水果类

米饭、面食类

蛋白质分为动物性蛋白和植物性蛋白，来源于肉类、豆类、谷物等，吃的适当，有助于蛋白质的吸收。当然，过量摄入蛋白质或蛋白质缺乏，都会影响狗狗身体的发育和成长。

对于萨摩而言，蛋白质的摄取来自于狗粮和有选择的营养品就足够了，幼犬到成犬的过程中，蛋白质的日需求量增大；增加纯肉，只能加重消化负担，更难以吸收。

最好选取优质的专业犬粮，其中，天然蛋白质的含量是衡量的标准，强调"天然"，是因为经过加工而成的蛋白质要慎用，含量一般为24%～28%；过高蛋白质含量更适合于成年犬；幼犬阶段，有些品牌专门研制大型犬幼犬犬粮或者是全犬种的幼犬犬粮，都是不错的选择。

脂肪是狗狗体内能量的来源，剩余部分以皮下脂肪形式储存起来，具有保护内脏、促进脑神经的作用；脂肪的来源不限于肉，各种食用油、小麦、玉米中都含有脂肪。

选取专业犬粮，可查看营养配比表，脂肪含量超过18%会有些高，一般在15%左右。

碳水化合物主要来源于谷类和蔬菜，如糖分和纤维质，既维持狗狗的体温，供给其日常所需的热量，还保证消化系统正常功能。

当狗狗日常热量不足时，会通过脂肪转化来进行补充，所以保持一定碳水化合物的摄入，可避免狗狗消瘦；另一方面，过多地摄入碳水化合物，提高了狗狗肥胖的几率，况且狗狗对谷类的必需性要求不高。

萨摩使用专业犬粮，内含优质谷类（大麦、糙米、燕麦等）为好，优质蔬菜取代脱水蔬菜，会保证碳水化合物的质量更高。

维生素是必不可少的，对于蛋白质、脂肪、碳水化合物的功效发挥很重要；一般来源于水果、蔬菜，配合适量肉类让营养更均衡；专业犬粮中会添加更加适合萨摩吸收的维生素等添加剂，避免了食用水果、蔬菜的操作不便，而且水果、蔬菜中的植物纤维会加大萨摩的排便量，增加体味。

无机物，包括钙、镁、磷、钾、铁、锌、锰、硒、碘等，避免缺钙、缺磷导致的佝偻病和骨软化症，骨骼和心肌的保障依赖于硒，主要是对狗狗机能正常运转起调节作用。

需要有的放矢地为萨摩选择一些无机物的营养品，使不同阶段的营养需求更加均衡和完整。

对于萨摩来说，全天都要保持足量、干净而新鲜的饮水，每日身体基本代谢的水分是每千克体重60毫升；狗狗身体缺水量达到10%～15%会引起生命危险；盛水的器具最好不易被好动的萨摩打翻，同时要能放置足够的饮用水，方便饮用。

人和萨摩在选择食物上由于机体不同，对蛋白质、脂肪、碳水化合物等营养素的需求量不能一概而论，萨摩不是我们身边清理残羹冷炙的垃圾桶，也不是我们随意兴趣组合食品的试用者，我们饲喂的食物关系到它们的身体素质和寿命长短，如何让它们更有活力地保持最佳状态，远离发病威胁，是我们的责任，更是对每一个养宠人的"考验"！

只有营养均衡，我们的萨摩才能健康地成长

2 吃的搭配

　　商业性犬粮为营养全价、均衡食物（简称宠物干粮），呈颗粒状，水分含量低（通常在6%～10%），可作为萨摩的主要供给食物，具有营养成分均衡、易消化、耐保存、经济实惠的特点。

　　选择宠物干粮的标准：

1）高品质蛋白质的成分及含量；

2）严禁任何含有肉类或者禽类的副产品的饲料；

3）严禁未被认可的蛋白质和油脂；

4）全谷或全蔬菜较好，不含残渣；

5）不含任何人工色素、香料、防腐剂、甜味剂等；

6）有机饲料最好。

如果将全面的营养做成食物饲喂萨摩，不仅费时、费力，也不省钱，而且自制食物的营养不够稳定，萨摩的便便也会很软，很难达到科学饲养的基本要求。

萨摩每天的进食量，较玩具犬、小型犬要高很多，最好选取较大包装的更加经济；口味上，部分萨摩体质较为敏感，可以选择羊肉和鸭肉，对被毛发育有好处；含有鱼类的，促进骨骼成长的同时具有美毛功效……

萨摩从幼年期到成年期，可以选取同一品牌的不同犬粮，也可以选取不同品牌的犬粮，只是更换犬粮频率不宜过快，更换的标准并非狗狗喜欢吃或不吃。每一种犬粮食用3个月或半年以上再逐步更换较好，不要一次全部更换，容易造成萨摩消化系统的不适应。

不同年龄阶段的萨摩要有针对性地选择犬粮，不要用幼犬粮饲喂成年犬；如果没有老年犬粮，可以适当选择幼犬粮并搭配老年犬所需营养饲喂。

保持宠物干粮干脆、适口，对萨摩长期食用非常关键，从咀嚼中锻炼牙力与颚骨，还顺便清理牙结石、止痒；一次性购买的包装重量要注意开封后食用的时间控制在一个月以内，可以放置在专用干燥凉爽密封箱中保存；若发霉、变质、储存不当，必须立刻丢掉，萨摩误食后会引起各种肠道及相应疾病。

软包装宠物食物、罐头包装宠物食物（简称宠物湿粮）都含有一定水分（通常高达78%），品种丰富，卫生有保证（经高温高压灭菌消毒），营养不易流失，口味多样，完全可以摆脱狗狗饮食的单调乏味，又比自制烹调食品节约时间，避免营养不均。

萨摩对于软包装食品的"拒绝能力"微乎其微，各个商家为中大型犬设计了200克或400克的包装。对于多数挑嘴的萨摩难以控制食量，甚至有些挑剔的狗狗只会挑出宠物湿粮（俗话"干货"），将宠物主粮翻一遍后，溜之大吉，个别火气大的萨摩会用鼻子将宠物干粮拱得到处都是，以发泄"不满"。

对于中大型犬来说，牙齿和牙龈的健康更加重要。幼犬时，饮食习惯不科学，过量食用软包装食品，易于滋生口腔问题，待中年以后甚至刚到

专业犬粮 营养均衡

两三岁，就会出现牙结石、牙齿早衰、口气污浊或者口腔溃疡等，严重影响狗狗正常饮食，所以软包装需要"适可而止"地选取。

宠物湿粮和人的剩菜、剩饭或专门为爱宠烹制的食物容易造成是一回事的感觉。既然萨摩都很喜欢吃，效果不一样吗？需要提示的是：人的剩菜、剩饭绝对不应该给萨摩伴着犬粮一起吃；专门为爱宠烹制的食物要遵循营养搭配，低热量、低脂肪、低油脂、低盐、低添加剂的原则；至于宠物湿粮，即使萨摩再喜欢混着宠物主粮一起吃，也要以宠物主粮为主，而不应以宠物湿粮为主。

宠物湿粮会增强萨摩的食欲。宠物湿粮的包装，要选用包装较大的罐头，最好一两天内吃完。若有剩余，放置在冰箱的冷藏室中，用保鲜膜封好，使用时，在微波炉中加热十几秒钟即可。

萨摩的日常饮食，都必须伴有宠物湿粮，加上宠物干粮的消费，是一笔不小的支出。因此，选择高品质的宠物干粮，同时适度添加宠物湿粮是一种经济、健康的饲喂方式。

另外，还有一种特殊的宠物干粮、宠物湿粮就是处方粮，它并不是将药物和食物简单地混合，而是具有食疗作用的食品。

宠物湿粮

美味诱惑 势不可当

由于处方粮的特殊配方，对于如心脏疾病、皮肤疾病、关节护理、肝脏疾病、消化系统紊乱、绝育、肥胖、泌尿系统疾病、肾脏疾病、糖尿病等，都有一定的辅助康复作用，并能最大程度地发挥药效。在配合治疗、减弱病痛、降低毒副作用、改善病状、缩短病程等方面，处方粮都能起到积极的作用。

处方粮的针对性较强，具有一定的功能性，所以务必在动物医院医师的指导下饲喂萨摩，尤其是食用的时间，处方食品不会一次、两次吃产生效力。处方粮价格较贵，需要根据实际情况、有的放矢地食用，在控制或延缓病症、延迟病情发展方面，具有独特效果。

食盆

3吃的多少

对于萨摩的食量，好像很难准确把握：少了，怕饿着它，多了，又怕撑着它，毕竟萨摩无法用言语表达自己的感觉。其实，最科学的考"量"办法就是，以"克"为计，少食多餐。

要选择正确科学的饲喂方法，了解不同年龄、运动量、环境、季节、妊娠、哺乳、生病等因素对萨摩造成的影响，定时、定点、定量、保营养、保健康、保均衡地饲喂它们。

注意增减喂食量或更换宠物干粮、湿粮时不宜过于突然，对于敏感体质的萨摩来说，应以每次改变或更换不超过原来定量和食物的1/10为原则。

各年龄阶段的饲喂次数：2个月龄幼犬4～5次；3～5个月龄 3～4次；6～12月龄3次。要想知道狗狗食量，可以开始时多放些，如果有剩余，可据此算出其食量的80%，也就是说"八分饱"较为合适；幼犬时期，若暴饮暴食，则会出现腹泻、呕吐，严重时会危及生命；1岁以上成年犬以每天两餐为宜，老龄犬每天一餐。

狗狗吃饭的地点要相对固定，食品、食具也切勿与人的混放。

萨摩若24小时不进食，或食欲突然减少，是生病的预兆，要尽早就医。

家里若饲养多只狗狗，最好分开饲喂，食具、水具也最好分开。每天都要观察狗狗的进食量。

家里备有一个宠物主粮筒，便于计量食量

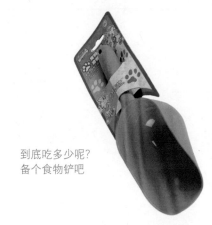

到底吃多少呢？
备个食物铲吧

大型犬每日建议饲喂量

成年后的 大致体重	1.5～3月	4～5月	6～8月	9～11月	1～2年
22.5～34千克	56～187 克/天	168～308 克/天	149～299 克/天	261～373 克/天	280～485 克/天

在萨摩小的时候就要帮其养成良好的饮食习惯。有时候它们吃饭和玩游戏一样，一会吃点、一会吃点，遇到不对胃口的，干脆把食盆打翻，或者只选择喜欢吃的；萨摩的注意力不容易集中，所以，在喂食前后，要鼓励它尽快将食物吃完，若15分钟内没吃完，就及时拿走。

有时萨摩进食过多，会出现软便或"拉稀"的情况，搞得尾巴下的毛上脏兮兮的。此时最好停食并进行观察，进食情况的变化是考察萨摩健康与否最直接的标准。

什么时间饲喂狗狗最合适呢？最好选择遛犬回来，狗狗已经"便"完，梳理皮毛后。饲喂时间最好是相对固定。

萨摩的宠物主粮以大袋最为经济

营养不可少

4 吃的营养

　　人在不同时期需要各种营养制品的调节和补充，狗狗也一样。无论是维持生命的关键物质蛋白质、碳水化合物，还是脂肪、无机物、维生素（包括维生素A、B、C），对萨摩的健康成长非常重要。狗狗每日都需要从食物中吸收22种元素。尤其对于长期食用非专业犬粮的狗狗、断乳的幼犬、老年犬、肠胃敏感以及处于机体免疫力低下的狗狗、赛犬等营养制品更是必不可少。

　　当前，宠物营养品可谓款式多样、种类丰富，真有种"乱花渐欲迷人眼"的感觉。尽管如此，部分养宠人还存在将宠物营养品与人用营养品混为一谈的错误的消费观念。把人的营养品饲喂狗狗，非但起不到补充营养的作用，反而由于人和狗狗在体型、肠胃功能、吸收效果等方面的差异，可能会适得其反。

许多宠物营养品的包装、名称都很相似，所以最好根据狗狗的年龄、体质、功能需要并在专业人士或宠物医师、营养师的推荐下挑选。目前，市场上，宠物营养品品种繁多，并且功能都很相似，价格差距也很大，不少正规渠道与非正规渠道的混在一起，令人难以区分。因此，购买时必须察看宠物营养品的外包装，明确商品名称、组成成分、批号、生产日期、使用说明、保质期等重要信息。

宠物营养品最好在常温下存放，食用期不宜过长，如发现胀袋、变色、变味等情况，要尽早处理掉。

宠物营养品并非越贵越好，要注重效果、注重安全、注重品质。同时，过多地摄入营养品也会埋下一定的健康隐患。

萨摩并不是玩具犬、小型犬，它的成长周期大致在一年半，也就是说，萨摩在一年半的时间中，体貌特征变化比较大、身高和体重增加也较为迅速。这样，除了专业犬粮外，适当地补充一些宠物营养品有助于萨摩增强体质、提高机体免疫，完善器官功能、保持皮毛健康、光泽，还能预防各类慢性病。

萨摩的专用营养品，主要是蛋白质、维生素、无机物等。不过，如果蛋白质摄入过多，会使萨摩体重增加过快，导致肥胖，极易造成心血管疾病；太多的维生素，会导致萨摩维生素中毒；而过多的钙质，会加快骨关节增长，引起髋关节结构不良症、分割性软骨炎、肥厚型软骨发育不良症或骨骼变形的疾病；以及其他类似结石、心血管疾病、肾脏疾病等，后果都较为严重；美毛产品常用于赛犬参赛时1～2周内，由于含有一定量的激素，长期食用或不加节制地滥用后果将非常严重。

所以说，最好在专业人士或动物医院专业医师的指导下，根据具体情况为萨摩配备营养品；要了解各种营养品的情况，做到只选对的不选贵的，而不是盲目地乱买，结果瓶瓶罐罐一大堆，实用的却没几个。

● 海藻粉

海藻（美毛）营养粉：以天然海藻褐藻、绿藻等多种海藻为原料，富含几十种微量矿物质，能够改善萨摩的免疫系统和荷尔蒙激素系统，改善毛色以及使萨摩鼻头保持黑色，而且对受损皮肤的修复、预防皮肤病有一定的辅助功效。

● 维生素和矿物质

单纯依靠犬粮根本达不到萨摩的营养需求，而补充维生素和矿物质，能促进主要营养元素的吸收，加速新陈代谢，尤其是孕期、哺乳期、幼犬生长期、病后康复期更需额外补充。缺乏维生素，萨摩会出现皮肤粗糙、抵抗力减退、免疫力下降等非特异的症状。

● 钙质

在哺乳期，萨摩幼犬不需要补钙，萨摩母犬需要补钙。这里所谓的补钙和简单地饲喂钙片不是一回事，需要选取易吸收的钙质品。要根据体型、年龄的不同补充不同的剂量，一般情况下，生长期对钙的需求量为每日0.36g/kg。

海藻粉

维生素和
矿物质

钙质品

萨摩属于大型犬，在幼年期（2～3个月）的成长最为迅速，4～6个月的换牙期以及一岁半前身高、体重会迅猛增加，所以对钙质的需求量也很大，同时也是补钙的最佳时期之一；但专业犬粮提供的钙质往往不够，尽管日常饮食中经常摄取肉食或动物内脏，也同样需要补钙，因为积存在这些食物中的维生素A会抑制钙的吸收。

缺钙的表现

★ 四肢变形，腿部呈X形或O形，严重缺钙还会造成骨质疏松、骨折、佝偻病。

★ 脚趾呈分开状，走路不稳，关节处有变形迹象。

★ 会流口水。

★ 不喜欢也不积极运动。

★ 换牙期若缺钙会导致恒齿生长缓慢，釉质层薄，上下排牙齿咬合不好。

5 吃的健康

　　萨摩的出色体貌吸引着喜爱它的人们的目光，一只健康的萨摩是充满活力、光彩照人的。而这主要取决于科学的饮食管理。

　　犬粮中的含盐量建议在0.6～3克/400千卡，适量的含盐量对于犬粮的适口性有一定调味的作用。如果萨摩每日摄入的盐量过多，就会造成皮肤变坏、内分泌紊乱、脂肪酸减少等问题。狗狗的皮肤不能将盐分排出，所以每日食盐要适中。

　　定期对萨摩的食具和水具进行消毒，避免传播疾病。要训练萨摩不随地捡食，不吃陌生人给的食物。

　　萨摩的食盆、水具最好是分开，幼犬时可以选择连体的；不过，幼年的萨摩比较顽皮，打翻食盆、水具是常有的事情。与其他材质相比塑料食盆和水具，尽管价格低廉，但幼年的萨摩往往会将它们当成玩具而咬坏，成年的萨摩也会耍来耍去，所以，金属食具更适合萨摩。

　　市场上的金属盆以不锈钢盆为主，选择较浅的、较大的做食盆，选择较深的、较大的做水具，而且一定要注意是否有防滑垫。

　　多只狗狗一起饲养，要多准备食盆和水具，最好是各自一套。一方面可以避免狗狗争抢，另一方面，能保证每日定量饲喂狗狗。

　　主人应尽量避免狗狗在室外进食，以保持狗狗良好的生活习惯和饮食习惯。

　　认真查看新购食品的有效期和保质期，使过期的食物远离狗狗。

　　不要用猫粮喂狗狗，因为效用的差异会影响狗狗的营养结构。

食盆、水具要定期消毒

注意食品保质期

健康的饮食习惯最重要

↘ 危害健康的食物

● **饮料类**

咖啡、甜味饮料和碳酸饮料。

● **蔬菜类**

葱、姜、蒜等，以及含有此类蔬菜的汉堡包、咖喱和酱汤都要禁食。

● **水果类**

李子、苹果、香蕉等一切高糖分的水果。

● **甜点类**

巧克力、糖果、蛋糕、冰激淋等一切甜点都会导致狗狗肥胖、阻碍钙质吸收、易患龋齿；尤其是含有可可碱的巧克力，危险性更高。

● **海鲜类**

章鱼、墨斗鱼、贝类等全部海产品难以消化。

● **骨头类**

鱼骨、肉骨，不会为萨摩补充钙质，反而会引起呕吐、腹泻、便秘等，鸡骨容易划破狗狗消化道引起出血，即使是猪骨或牛骨也是少食为宜。

● **调料类**

辛辣食物会加重狗狗肾脏、肝脏的负担，导致狗狗嗅觉迟钝。

● **熟食类**

火腿肠等一切腌制食品。

● **奶类**

牛奶营养价值高，但乳糖不易被狗狗吸收，还可能引起腹泻、脱水、皮肤发炎等疾病，以宠物专业奶粉喂食为好。

● **蛋类**

生鸡蛋对狗狗不利。

● **蘑菇类**

不食为好，以防狗狗误食毒蘑。

● **内脏类**

鸡肝以及其他动物肝脏。

● **人吃的饭菜**

含盐量高，其中的油脂、辛味料，会对狗狗产生刺激。

● **生冷类**

生鸡蛋、生肉等，不仅含有病菌或者寄生虫，有效成分也不易被狗狗吸收。

● **其他食品**

年糕、紫菜都是超黏食物，因为狗狗是吞咽式进食，容易引起窒息；竹笋、豆类高纤维食物会导致狗狗消化不良。

↘ 贪食的问题

有些萨摩很贪吃，总也吃不够，而且，聪明的它会记住家中食物的储藏地点，一旦有可乘之机，便成为它的囊中物。

以下狗狗食欲旺盛属于正常情况：发育中的幼犬、运动量较大、补充自身机体消耗的能量、怀孕及哺乳期的狗妈妈、宠物干粮太易消化容易饥饿、正在减肥中的狗狗……

以下属狗狗贪食的非正常原因：进食到呕吐还继续进食、肠道寄生虫病、饮食和吞咽系统不适、肠胃功能异常、肾上腺和胰腺异常（包括糖尿病）、因饮食不节制导致肥胖症（原发性贪食症）、药物刺激、美味刺激……

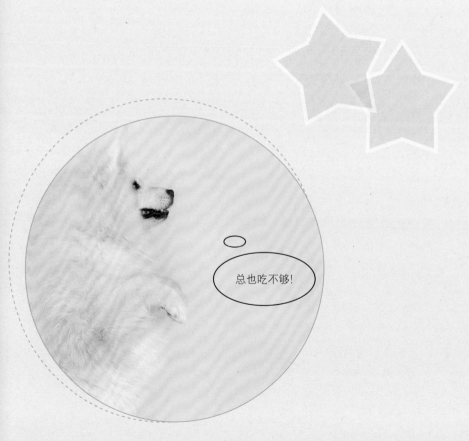

总也吃不够!

美味太多，势不可当

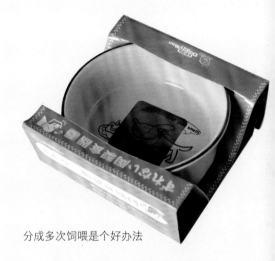

分成多次饲喂是个好办法

　　无论如何，遇到萨摩贪食的情况时，我们不能简单地理解为"狗狗喜欢吃的一定是它们所需要的"。一方面，狗狗还留存着吃得快、吃得多就能生存下去的野性行为，另一方面，最好咨询专业人士或带狗狗到正规的动物医院进行检查。

　　为了控制狗狗的进食速度，可以将一次的量分多次饲喂，也可以加入少许狗狗不太爱吃的犬粮，防止狗狗狼吞虎咽。

　　当我们不在家的时候，最好限定萨摩的活动区域，尤其是要清理萨摩的周边，将它可以接触到的食物，一律"束之高阁"；及时清理垃圾桶；经常变换存放食物的地点，尤其是萨摩爱吃的零食，避免被它们翻出来，一起"消灭"！

↘ 偏食的问题

有些萨摩对具有"完整且均衡"营养的宠物食品不"赏食"，却对某一类"特殊"食品"流连忘返"，这就是"偏食"现象。

"偏食"并非都是病理因素引起的。如果是疾病引起的偏食，则与日常生活的规律有关，除了饮食上的表现，还会伴有身体的异常反应，如体温升高、痛苦呻吟、精神不振等，都要及时就医。

肉类是狗狗的最爱

"偏食"日积月累，尤其是食肉过多，会患上全肉综合症疾病、口腔疾病、皮肤病、骨质病变、内脏器官病症等。另外，毕竟狗狗不是"人"，经常食用人的盐分过高的剩菜剩饭，极易导致"偏食"，严重影响狗狗健康，甚至会缩短狗狗寿命。

狗狗"偏食"，大多数和我们随意饲喂、忍耐力不够以即现在我们的餐桌食品极大丰富有关！萨摩如果对酱牛肉、大猪蹄、烤鸭之类情有独钟，恐怕离拒绝宠物主粮那一天也就不远了！

● 偏食的原因

嗅觉 / 狗狗嗅觉是人的6～60倍，对食物的判断依赖于嗅觉。闻上去很单一、不新鲜、有奇怪的气味，不会喜欢，当然也不吃；而对闻上去较为新奇、味道浓重、有一定刺激性的食物它们会很感兴趣。

味道 / 萨摩对肉类的分辨能力很强，能够记忆许多种类的味道，经过比较，它们认为不好吃的，当然不会吃。

适口 / 口感 / 萨摩在咀嚼过程中认为口感不好的、不适口的，当然不吃；宠物干粮会被制作成各式各样的小颗粒，颗粒过小或过大，不同年龄的萨摩也会出现不适应、不习惯的情况。

经常调整饮食 / 饲喂狗狗时，经常变换饮食，狗狗就很容易专吃"荤"不吃"素"了；遇到一种有诱惑力的食物，萨摩便会喜欢上，偏食也就在所难免了。

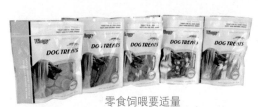

零食饲喂要适量

● 偏食的纠偏

转变对萨摩的溺爱 / 不能由着萨摩的性子，一味地选择它们爱吃的食品，甚至将食物放在手中捧喂。

适当地断食 / 可以减少进食次数，使萨摩有一定的饥饿感，在保证饮水的情况下，断食1～2天后，萨摩便会正常进食。

加热食物 / 对食品进行轻微加热，使其温度接近狗狗身体的温度。

添加食物 / 仅仅是象征性地在食物中添加极少许萨摩喜欢吃的食物，但不要每次都这样做。

定时定量 / 到点饲喂萨摩，若不顺利进食，半小时后，即取走食物。

少喂零食 / 尽量在纠偏期间不喂零食。

规律饲喂 / 在纠偏期间不轻易改变食物的种类和饲喂量。

号召全体家庭成员，为了偏食的纠偏，统一思想、口径以及行动。

坚持一周以上，绝对不要因为萨摩楚楚可怜的眼神而彻底"投降"！

出现偏食情况的萨摩，很懂得怎么逃避家人对自己的"管控"，也能够判断出家庭成员中哪个能作为讨来"美食"的突破点。尤其是有老年人或者是客人很多的家庭，往往由于饲喂次数的穿插或者是外人投递食物不好当面指出，萨摩都会赚到"可乘之机"，这样，纠偏偏食前期的努力一下子就功亏一篑了。

同时，要避免在纠偏期间对萨摩进行食物的刺激，特别是我们的一日三餐，吃水果、吃零食、吃一切食物时，或者购买食物回家，放置食物的时候，最好避免萨摩在身边张望和等待，将其限定在看不到这些事情或食物的区域或房间中，以便最大程度地减弱它的渴望和焦躁的情绪。

不喜欢吃的就不吃！

↘ 禁食的问题

疾病会导致萨摩食欲不振，但如果精力充沛、排便正常、体温正常，也无咳嗽、流鼻涕的情况，可以先停食，切不可私自喂食人用药品。

萨摩比较容易对相同的食物产生厌倦，而采取"禁食"进行抵制，若我们就此不断更换食物并乐在其中，等到想改变饮食习惯时，会非常困难，与其如此，不如做好坚决的"对策"！

要将挑食的萨摩和生病的萨摩进行区分，因为，狗狗都有自己喜欢吃和不喜欢吃的东西，食欲不好，或者拒绝某些食物的原因会比较复杂。有些营养品加入食物中，狗狗会拒绝进食；有些食物品质高、营养好、对狗狗的身体有益，但适口性差，可能狗狗不喜欢——"闻了就走"；相比更加天然、添加剂少、诱味剂少的食物，狗狗会选择味道重、浓并有一定刺激的去吃。所以说，并非狗狗禁食就是生病了，要分析禁食或拒食的原因。如果超过24小时，狗狗仍无进食欲望，就要根据当时具体情况，联系动物医院、专业人士。

↘ 微量元素严重不均衡的问题

由于食物摄取的差异，尤其是自制烹调食物给狗狗带来的微量元素严重不均衡，不仅会威胁到它们的身体健康，更会影响到它们的寿命！

自制烹调宠物食物的常见方法：

- 以米饭、面条、馒头、玉米面作为主食；
- 混合调料、肉类、骨头、蔬菜；
- 或者加入动物内脏等。

类似以上做法制作出的食品，如果狗狗长期食用，首先易造成无机物，如钾、磷、锌、铁、锰的缺乏；钙磷比不合理，有些维生素类缺乏，有些维生素类（如D_3）超标；同时，会对消化系统、骨质发育及钙的吸收产生不良影响，贫血、脂肪代谢不力的概率也会增大。

没有科学指导、自制烹调食物长期饲喂萨摩，还会埋下许多健康隐患：

（1）健康综合指数下降；（2）肥胖；（3）体质减弱；（4）眼部疾病；（5）牙结石；（6）口臭；（7）腰椎疾病；（8）心脏病、糖尿病等慢性疾病。

这些东东
不爱吃！

SAMOYED

↘ 补钙的问题

钙离子对许多酶能起到重要激活剂的作用，也是狗狗生长中必需的。

● 补钙一般会在缺失时进行

■ 如果萨摩经常食用动物肝脏或者肉食，体内会积存大量维生素A，抑制钙的吸收，所以不仅要调整饮食习惯，还要及时补充钙质。

■ 孕期的萨摩，可以采取产后10天开始补钙，如果情况严重，可以到动物医院采取静脉补钙，尽量缓解狗妈妈缺钙的状况。

■ 老年的萨摩出现骨质疏松、骨折、骨刺的概率很大，除了多晒太阳外，补充容易吸收的钙质也非常重要。

补钙粉剂

● 补钙产品的选择

宠物专业钙产品有粉剂、片剂、液体等。

■ 粉剂一般添加到食物中，混合后进食。但有的萨摩比较敏感，添加后连平时喜欢的食物都不吃了，此时可以用小勺将粉剂倒入狗狗嘴里，然后将其嘴巴闭合使狗狗咽下。

■ 片剂对于大头大嘴的萨摩，没有经验的让其服用有些困难。要先使其张大嘴，然后将钙片塞入其舌头根部，再用一只手轻轻捏住狗狗嘴巴，另一只手抚喉部使其咽下。

■ 液体钙饲喂比较简单，吸收也更便利，注意适量即可。

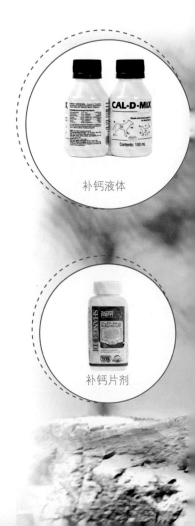

补钙液体

补钙片剂

↘ 补钙的误区

牛奶补钙／牛奶中的乳糖会引起狗狗肠胃不适，有可能产生腹泻等情况。

人用钙品补钙／这里涉及体质和肠胃吸收的差异，一片足以给人补钙的计量对于萨摩而言就过量了。

补钙除了"药补"和"食补"，还需要经常带萨摩在阳光下运动，增进其对钙质的吸收。

　　萨摩的补钙问题，许多主人都知道，却往往被忽视。尽管与某些中大型犬相比，萨摩的缺钙表象不是非常突出，很难见到一瘸一拐的急性脱钙的状况，但是，日常生活中，我们还是要密切关注萨摩的四肢尤其是后驱大腿的情况：在步行中后肢是否蹬踏有力、在运动中四肢是否能协调地摆动、在抚摸、按动四肢的时候萨摩是否有呻吟和不适……

　　萨摩标志性的白色皮毛有时会很干、很柴、缺乏光泽、换季时脱毛修复很慢，一方面说明它身体的健康状况一般、营养不均衡，及时补充钙质会有一定的改善；另一方面也可以到动物医院进行全面的身体检查，听取动物医师或专业人士诊断后的建议和意见。

补钙还要晒太阳

6 不同季节的饮食健康

↘ 春季

春季，萨摩的食量可以随着气温的升高逐步减少一些，同时根据运动量的大小，适当控制饮食，可以增强萨摩的体质并提高免疫力。

春季应适当地补充一些肉类零食，但羊肉、牛肉容易上火，尽量少食；饮食求精不求量。对萨摩来说，食物的搭配更为重要，而且一次进食不可过饱，避免发胖。

食物种类不可太杂，容易引起肠胃不适或消化道炎症；这段时间节假日较多，对人的食物一定保管妥当，残羹冷

调理肠胃　　　增强体质

营养均衡搭配

炙要及时清理，不要随意用来投喂萨摩。

可以选择一些调理肠胃和体质的营养品，适量地给予补充。多晒太阳，有条件的可以带萨摩到郊外让它多呼吸新鲜空气、享受大自然的美好春光。

交配期、妊娠期的萨摩，容易食欲不振、精神萎靡，可利用休闲的时间，做一些容易消化的食物，配合宠物干粮饲喂，调剂一下口味也是不错的选择。

萨摩喜欢享受春光的惬意

↘ 夏季

夏季饮食卫生要注意

　　萨摩不喜欢夏季，只喜欢有空调的屋子，但外出是在所难免，而室内外温差对萨摩的精神、食欲都会产生不小的影响。

　　要保证萨摩的食量为常量，就要在口味和适口性上下些工夫；不能为了让它多吃，将宠物干粮都换成宠物零食或人饭。而宠物干粮也要避免牛肉、羊肉等容易上火的材质，并应全天伴有饮用水。

　　给萨摩食用高水分的罐头或自制食品时，每餐剩余部分一定要倒掉；日常宠物犬粮也不必囤积太多，要密封保存，一旦受潮、霉变、生虫，不得在加工后用来饲喂萨摩。

　　注意宠物零食的选购，湿软的肉条最好是小包装、有封口，1～2天内食用完，若有剩余放置到冰箱冷藏室保存；从冰箱里取出的食物，可以直接用微波炉加热十几秒钟，因为生冷的食品，萨摩已经很难适应，而且有些温度的食物，口感和味道会更好些。

　　夏天，萨摩一般喜欢待在凉快的瓷砖地、有空调的房间内，热浪经常使萨摩闭门不出，所以要选择早晚遛犬。同时，饮食规律并不因为季节随意变化。

　　萨摩在夏季饮食不当，更易引起腹泻和肠炎，此时切勿私自喂药，先停食12小时进行观察，症状依然严重或者出现发烧、气喘、呕吐、精神萎靡等情况须马上就医。

夏季可选择早晚遛犬

↘ 秋季

到了秋季，天气转凉，而萨摩精力充沛、活力十足。萨摩更喜欢在外活动，尤其是发情期的母犬，往往不想回家，体能消耗也会很大。

萨摩的食欲较夏季要旺盛很多，而且要靠多吃来积累更多的脂肪以备寒冬的到来；这时的萨摩经过夏天的掉毛，被毛也逐步长起，需要补充更多的营养物质。

适当地选取高品质的宠物干粮、摄取美毛和维生素、无机物的营养品，都会促进萨摩的健康、调节狗狗体内的代谢机能。

秋季，天气会变幻无常，在带萨摩外出的时候，要多注意环境的变化、尽量在饮食上和习惯上与家中相同，因为这是萨摩易患呼吸道疾病的时候，病程长、康复期也长。这样，有意识地靠饮食增强萨摩体质，也有助于预防和抵御疾病。

金秋时节，是外出游玩的好时候

44

↘ 冬季

萨摩是冬季的宠儿，天寒地冻、雪花飘飘正是令萨摩兴奋的时候。

但是，现在的人"懒"了，天气冷，就感觉室内舒服，而不愿出去；在外多待一会，就赶快往家跑，其结果是，冬季成了萨摩全年外出活动最少的季节，和我们一样，在有暖气和空调的室内享受"温暖"了。

活动量少，食欲旺盛，萨摩的身体就容易肥胖；活动多了，吃得会更多，更容易发胖了。我们要尊重萨摩的天性，尽量给予它们更多在外运动的机会，有些游戏、有些运动，会使萨摩的身体更加强壮，同时也会令我们的身心更加舒畅。

在冬季萨摩的被毛也会呈现出一年中最好的状态。要注意调整好室内的温度和湿度，萨摩的活动与生活区的温度不宜在20摄氏度以上，湿度最好保持在40%左右，加之丰富饮食的调理，萨摩会在冬季更加漂亮和帅气！

7 吃的美味

　　狗狗很难抵御美味的诱惑，况且，狗狗的零食丰富多彩、种类繁多。当然，我们在给狗狗准备美味前，不仅要考虑营养价值和适用性，还要选取得法。

↘ 肉干类零食

● 肉干类零食的分类

　　肉干类零食既可以作为在狗狗训练时"欢欣鼓舞"的奖赏，也可以作为磨牙、洁齿的食品，毕竟，狗狗一辈子不能只吃一样食物，多一些选择，不仅满足了它们的嘴巴，也丰富了它们的生活。但是我们没有必要每日都给狗狗分发零食，零食还是要作为奖励之用，并非"必需品"、"必要品"，尤其注意不要用零食替代正餐，否则"后果"会很严重的!

湿润肉干

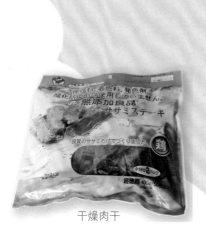

干燥肉干

正规品牌的肉干 可以放心使用

肉干类零食分为干燥鸡小胸肉和湿润型肉干。

干燥鸡小胸肉，一般做成肉片、肉条、肉末，以及各种"干货"夹咬胶、水果、夹心等，坚硬而干燥的肉质，较为酥脆，也可以磨牙，对于幼犬、成犬都适合。鸡肉蛋白质高、脂肪低，易消化，能够为萨摩提供营养+美味的享受。

湿润型肉干，具有很好的适口性、口味丰富、含有一定水分（低于14%），以及更加新鲜而诱人的口感。几乎所有的萨摩都喜欢此类零食，只要拿出鳕鱼鸡胸寿司、三明治、牛肉干、羊肉干、海鲜等美味的包装袋，它们就会变得非常乖巧而充满期待。

肉干类零食的选择：散装肉干是最常见的一类，在一些批发市场的卖点，会装在箱子里、桶里论斤卖，虽然价格不贵，但卫生条件令人担忧，尽管是狗狗的食品，也要保证质量，建议谨慎选择。

简包肉干（用塑料袋简单封装的肉干），很难找到生产厂家、生产日期、营养配比表等内容，看似很卫生，价格也便宜，但肉干的质量参差不齐，包装简陋，时间长了也容易变质。

正规肉干包装都有品牌、生产日期、保质期、营养配比表、厂家地址等信息。价格稍贵一些，但口味丰富、肉质优良、包装讲究、便于存放。

● 肉干类零食营养及功效

萨摩的零食有显著的专效特点，主要体现在为狗狗的成长提供营养需求。

零食营养主要源自肉类，蛋白质含量高，首先要选取优质食材制作的零食，一般选取鸭肉、鸡肉、牛肉、羊肉等。

采用先进的低温低压干燥技术，肉质水分含量随产品需求不同，越干燥的肉质保鲜期越长，也确保了更多的营养物质地存留；同时，越干燥的肉质，耐咬性越强，符合狗狗咀嚼和撕咬的需要。

萨摩从小到大，体形和体重增长迅速，饲喂肉干类零食的多少也是不同的；另外，肉干最好以干燥的为主，含水量比较高，单块的克重太小，直接吞咽下去，缺少了咀嚼的过程，虽能满足了食欲，但洁齿清洁牙龈的作用体现得不够充分，所以，要有意识地选购肉干，增长其牙齿对肉干的咀嚼时间，萨摩牙齿被清洁的时间也就越长。

当然，肉干零食的功效不仅体现在消除口腔异味、保持口腔卫生，更多的意义在于作为日常的奖赏及鼓励之用。

肉干天然的香味能强烈地刺激狗狗进食，将其食欲不振一扫而光；强化狗狗训练和记忆某些动作及事物要求的时候，肉干零食也能当仁不让地起到"诱导"习惯的作用；长期的湿粮、罐头食品与宠物主粮搭配，同时放入少许肉干零食，更加利于咀嚼和护齿。

最后要特别提醒的是：肉感零食不宜多吃，无论在何时何地、何种情况下，不要做到每天都食用；没有理由地乞之给之，让萨摩习惯吃零食而放弃宠物主粮；多吃零食，也会加重色素、防腐剂、添加剂等对狗狗身体的侵害，白色皮毛的萨摩会出现染色、皮肤问题等现象。

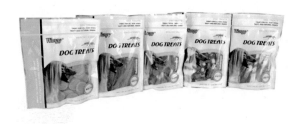 

肉干的功效

● 肉干类零食选购注意

包装 / 选取有完整包装的，最好不是简易包装或干脆没有包装的。

营养配比表 / 根据列表可以有针对性地选择零食。

保质期 / 无论是进口货还是国产货，保质期对应生产日期，缺一不可。

分量适当 / 最好是整包中有小包装，如果封口采取"随意拉"的具有保鲜作用。

肉干类零食品质 / 观察包装袋内零食，要无杂质、色泽均匀、切块大小一致、色素含量不超标、添加剂适量、没有变质问题。

萨摩肉干类零食的选择 / 避免小块、细条、粉末状，因为拌在宠物干粮中，容易被萨摩单独挑出，而不进食主粮；选择干燥肉干、少选择湿润肉干；选择小包装、独立包装、带拉带封口包装；每次食用量控制到最小。

肉干的选购

↘ 咬胶大比拼

狗咬胶在狗狗的日常生活中最为常见，它的功效最立竿见影的就是避免狗狗乱咬、撕扯家居物品及主人的个人物品。

尤其是在幼犬的换牙阶段（一般是4～6个月时），或某些顽皮、好动、精力旺盛、对任何东西都想试试"牙口"的萨摩，狗咬胶更是不可或缺。

另外，狗咬胶能最大程度地锻炼萨摩的下颌咀嚼能力，相对肉干零食，能对狗狗的牙齿进行全方位的研磨。在成犬萨摩的42颗牙齿中，臼齿的缝隙中很容易留有食物残渣，久而久之，形成牙结石、牙瘢、牙垢。若不及时清理或消除，待狗狗年老，甚至许多天生牙质不好的狗狗在2～3岁的时候，牙齿就会松动，使食欲衰退，咀嚼能力大幅度下降。如果说，人在这种情况下还可以通过补牙、镶牙等治疗手段进行弥补，那么这却会直接影响狗狗的身体健康。

● 咬胶的种类

1 冲压骨（长形、圆形打结、变形打结、异形等）：由生皮紧压而成，较为坚硬，做成骨头的形状，狗狗能慢慢享用。

2 粒状骨：将肉类或纤维类压成各种形状，类似于蔬菜棒、芝麻棒等，美味而软硬适中。

3 加入洁齿成分的咬胶：添入洁齿成分，如绿茶、粗纤维并研制出牛肉、鸡肉等调味剂，适口性更强，对狗狗具有诱惑力。

4 其他食材缠绕或粒棒类咬胶：很多食材都可以与咬胶相缠绕，或者组合成不同段的粒棒，这样既让咬胶更加美观，也丰富了咬胶的口感、味觉以及营养价值。

5 还有使用丝瓜瓤制作的各式咬胶，洁齿和咀嚼效果很明显。

● 咬胶的营养及功效

咬胶不同于零食，具有一定的硬度和柔韧性，最好让狗狗在餐后使用咬胶，延迟狗狗食用的时间，咬胶中脂肪含量很少，不会导致狗狗发胖。当然，也要节制咬胶的"投放"，作为其磨牙、洁齿、消磨时光即可。

萨摩的咬合力量很大，好动而喜欢寻求刺激，所以给它的咬胶可以根据年龄和身型选择大些的。如果几分钟就被"消灭"了，那也就没什么必要了。

咬胶的营养成分是一体塑成的，相比较天然动物棒骨，它从吸收角度及啃咬的适口性上更加符合狗狗情况。而天然动物棒骨被狗狗咬碎后，形成尖锐的小块，会出现划破食道、消化系统脏器的可能性，要特别注意避免。

天然动物棒骨在熬制过程中，许多营养成分并非存留在其本身，靠它来补充狗狗营养的需求，其效果微乎其微。

尤其是一些家庭，一方面为萨摩改善伙食，另一方面经常炖骨头、炖肉，替代狗咬胶。这会让它更容易接受肉和骨头的味道，更不愿意咀嚼狗咬胶了。

其实宠物咬胶被狗狗咀嚼后，容易消化并能补给宠物所需的营养，更易吸收。

最好是让萨摩从小就养成吃狗咬胶的习惯，给它们多一些选择，并且保持新鲜感，不要过多和过大，让其能啃咬一个小时左右即可；但是时间一长，狗咬胶就变成了玩具，脱在地上或粘在哪里，都很不卫生，丢在角落中，或者犄角旮旯，要及时清理。一旦再次被食用，会对萨摩的健康不利。

● 选用咬胶的注意事项

有些咬胶经过萨摩咬食，因大量唾液会变软，含有色素的狗咬胶也会使白色的胸毛、腿毛染色，所以，在狗狗吃完咬胶后，要及时清理其胸前和吃不了的咬胶。

给萨摩选择咬胶，最好是个头较大、坚硬度较高、适口性好；有的咬胶外面缠绕一些肉干或水果，或者做成双层，萨摩会想尽办法咬开或撕扯，因为它喜欢那种撕咬、咀嚼感，同时这样也可以延长食用时间；选用咬胶还是以功效作为首选，天然材质，少加色素、防腐剂、调味剂等，更利于萨摩的健康。

绝大多数咬胶都是可以吞咽吃下的，但对于萨摩来说，如皮质类咬胶，不可一次性食用过多，每天饭后一根即可，多了极易引起消化不良。

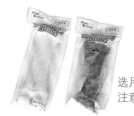

选用咬胶的注意事项

咬胶的营养成分更易被吸收

狗狗的更多美味

除了肉干零食和咬胶零食，还有一些美味，丰富了狗狗日常的餐桌。

● 宠物蛋糕

有的宠物蛋糕是用麦香味的蛋糕粉，加入鸡蛋、花生酱、牛肝等调味料烘焙而成；有的是将全麦面粉、低筋面粉混合，放入燕麦片、牛奶、蜂蜜、鸡蛋等辅料烘焙而成；还有芝士蛋糕、水果蛋糕……五花八门、各具亮点。

制作或购买宠物蛋糕之前，最好先查看其食材配比单并考察制作工艺程序及卫生条件，含有奶油、高糖、高盐、高脂肪、高油脂，以及狗狗禁食材料的，都要谨慎选用，最后看狗狗是否喜欢食用。

宠物蛋糕

● 宠物点心

宠物点心与人吃的零食是有本质区别的。类似于人吃的冰淇淋、饼干、锅巴、薯片、膨化食品，都不能作为宠物点心。

宠物点心最好选用专业宠物食品的品牌，因为它无论是包装、款式还是色泽都非常诱人，但也应该只作为对狗狗的一种奖赏和犒劳。

随着宠物经济的发展以及对宠物食品研发的深入，宠物食品越来越丰富，也越来越精细和精致。从一个层面上讲，宠物点心表达了更多养宠人对狗狗的关爱，使狗狗越来越有口福；从另外一个层面上讲，食品本身是否更加有利于狗狗健康和更好地发育，需要更多的监督及制定标准化的规则。

人的零食不能作为宠物点心饲喂

　　部分宠物小食品过多地强调自身的功能性：如靓毛、补钙、补充微量元素、调理肠胃、强化某种功能，但是否真有"奇效"？许多文字说明也将各种添加的食材、营养配比描述得模糊、不明确，是药还是食品？让许多养宠人感到一头雾水。

宠物点心美味又营养

SAMOYED

第3章

萨摩狗狗
有家的感觉

从极地高原到现代社会，萨摩一直陪伴在我们的左右，也就是说，我们的"家"就是萨摩的家，它们跟我们一起生活、一起工作、一起玩乐。萨摩不是一只猫，并不是一个窗台、一个垫子就能成为它们的家。我们刚刚将它带回来的时候，它可能很小，几乎不占什么地方，不过，随着一天天的成长，萨摩能长到几十斤重，而且会在家里溜达溜达，因此我们要做很多准备，而不是随意安置个角落那么简单的事情。

1 住在哪里？

　　在我们的意识中，这好像是最不被关注的一件事情，似乎带小萨摩回来，就是回家了。至于要将小萨摩安置在哪里，恐怕不是我们所能决定的，而是小萨摩自己。让小萨摩自己找个喜欢的地方，我们才会更加安心和放心，它能随心所欲地转来转去，才会有新家的感觉吧。

　　那么，我们的空间，100%就应该是小萨摩的"领地"吗？答案当然是否定的。首先要安顿好它，最好选用专用的窝和笼，并且不要随意移位置。犬窝需要舒适、柔软，尺寸足够大，藤编竹篮的铺垫柔软；犬笼更要注意铺垫。小萨摩个头不小，活动空间至少在30平方米以上，休息空间在5平方米。

　　那么，应如何为小萨摩选择"家址"呢？

↘客厅

　　将小萨摩安置在客厅，并非一个明智的选择，面向门口，容易使小萨摩对我们的出入"尽收眼底"。同时，不可让狗狗在没人的时候，霸占"客厅"，最好限定它的活动区域。

↘ 卧室

　　将小萨摩安置于卧室也有一些问题：它们不可能和我们一起在床上睡；很难保持卧室卫生、清洁；很难驯服狗狗，培养它们的好习惯。

↘ 阳台

　　将小萨摩安置在阳台是权宜之策，因为我们怕它搞乱家居、干扰我们的生活，但是，阳台地方狭小，把它放入阳台的笼中或者是散养在阳台里萨摩会变得怯懦、胆小，不易驯化，而且阳台上温差大，容易导致萨摩体质下降、增大患病概率。

↘ 卫生间

　　少数萨摩会被安置在卫生间生活，这完全是错误的选择。即使卫生间内收拾得再干爽，外接窗户，空间较大，但毕竟还是卫生间，通风不好、易菌多湿、少有太阳，久而久之，严重影响萨摩的生长发育。

　　萨摩的家，不像玩具犬、小型犬的，最好在进门前，就认真"策划"一下，选择哪个区域。因为小萨摩毕竟要长大、成年，所以尽量选定一个相对固定的区域，包括吃饭和喝水的位置也尽量固定；而且，萨摩和其他的狗狗一样，需要有安全感的"家"，所以，萨摩小的时候，家可以小些，慢慢地再根据体形，变得大些，但太大的"家"反倒不能给萨摩一种安全感。

2 住的讲究

■ 萨摩的"家"要通风但不能被太阳直晒，也不要被我们的生活起居所打扰。

■ 不可将萨摩的窝或笼具放置在空调出风口的下方，放置在有自然风的环境中可以最大程度地避免萨摩感冒的发生。

■ 食盆和水具。食盆大小根据萨摩的大小而定，应带有防滑垫，推荐金属盆，防咬防摔；水具要更大些，足够容纳日饮用量，并且不宜移动。

■ 萨摩的"家"中要常备一些玩具，各式各样的玩具可以帮助狗狗消磨时光，但一次不宜给太多，有一两样即可，常换常新；除了水具外，食盆最好在狗狗吃饭的时候再拿出来。

宠物玩具

食盆、水具

■ 清理萨摩的"家"不要和清洁人的环境一样，使用过于刺激和碱性消毒剂；铺垫的面料和材质要便于清洗，经常晾晒消毒。

宠物专业消毒产品

宠物玩具

宠物的家

3 笼具和窝具

笼具不是"监狱"

提到笼具，我们都会有一种引犬进入阴森恐怖"监狱"的感觉。如果主人试图以笼具作为惩罚狗狗、束缚狗狗自由的手段，这既不符合"人道"，更说明主人不了解"狗道"。

笼具是萨摩用来享用的"安乐窝"，具有以下几个好处：

- 让萨摩具有更多的安全感；
- 避免家中无人的时候，萨摩会有安全危机；
- 对萨摩的服从性训练可以从这里开始；
- 萨摩在"安乐窝"中，具有相对独立的"地盘"意识。

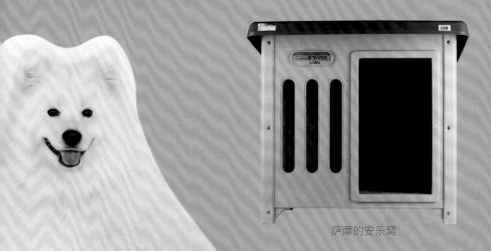

萨摩的安乐窝

不要轻易将笼具的门关上

↘ 对笼具的适应要从"小"开始

最好在萨摩刚进家门时，就准备好笼具。对笼具的布置，无论是放入柔软的垫子，还是水盆，都要让萨摩感觉舒服、放松。

开始，不能将萨摩一关了事，任其哀嚎。不必关上门，而应使其出入自由。笼具一定要放在家中经常过人的地方，即使是关门，在萨摩没有适应前不宜超过2个小时。它可能会不知所措地嚎叫，这时最好离开它的视野，待其安静后，再进行奖励和抚慰。

萨摩对笼具的适应需要一个过程（时间），因为，萨摩喜欢和主人在一起，寸步不离，而将其放置在笼具中，敏感的心理会认为自己是被主人抛弃了。

所以，主人要有耐心，更需要"忍受"这个阶段。一味地迁就狗狗，会使其个性更加"强势"和"霸道"，从而颠倒主从关系。

笼具中放入柔软的垫子会更温馨

↘ 笼具的选择

● 可折叠拼装的钢丝笼（铁丝笼）

这类钢丝笼（铁丝笼），造价便宜、通风良好、托盘易于清理，但保暖性差、舒适度低而且狗狗脚趾处于钢丝（铁丝）上，不利于健康地发育，也极易划伤狗狗的口腔、皮毛。

● 人性化钢丝笼（铁丝笼）

这类钢丝笼（铁丝笼）未设置底部托盘。也就是说，这才是真正意义上萨摩的"家"，设计精巧的移动式隔断，可以随着狗狗的成长扩大"家"的空间，其实，"家"太空旷了，反而会让狗狗觉得缺乏安全感。

● 不锈钢笼

不锈钢笼质地结实耐用、款式多样、便于清理、视觉美观而造型高档，目前，也有一些厂家推出了针对不同家居尺寸的随意订制，更吸引了许多消费者。

根据萨摩的体型不小，一次性地设计一个终身性的笼具，能延长其使用寿命，只是造价不菲。但如果只用几个月就要更换一个更大的，则不免太浪费了。

● 可折叠拼装的树脂笼

这类树脂笼，底盘由树脂构成，可以安置狗厕所或尿垫，材质好，韧度较高，无异味，便于清理。

对于没有托盘的情形，狗狗并不会由此感到不适，因为树脂笼的主要目的是为狗狗设置一个窝，而不是厕所。

● 整体式笼屋（树脂、硬塑料）

　　这类整体式笼屋类似房子，更容易使狗狗适应并接受，保暖性好；天窗有利于通风换气，屋门可关可开，可设置或卸掉，安装也方便。选择时，要注意笼屋内空间大小与狗狗体型相吻合。

● 整体式房屋（木质宠物别墅）

　　在空间较大的房中、院子里、阳台上，设置一个豪华气派的木质宠物别墅既美观又宽敞，萨摩也会感觉非常舒适。

　　但如果木质宠物别墅被雨淋或不经常清理，则一段时间后木质容易发霉、产生异味，所以，经常对木质宠物别墅进行消毒、杀菌、清理、通风、晾晒能够避免此种现象的发生。

● 宠物航空箱

　　作为临时性"安乐窝"，宠物航空箱是不错的选择，更重要的是，它具有携带方便、结实耐用、保证狗狗安全的优点。对于喜欢旅游，又喜欢携犬出行的朋友，备一个大小合适的宠物航空箱，放置在汽车中或是进行托运都非常方便实用。

宠物航空箱

围栏

● 围栏

　　一些可折叠拼装的树脂笼，去掉顶盖，就变为一个围栏；围栏可以有底垫，也可以没有底垫。围栏一般携带方便、拆卸灵活、清洗便利，尤其是部分可插于草地中，可在郊游中使用。放置在家中，可以自由组合，能很好地起到限定狗狗活动区域的作用。

● 宠物包

　　对于萨摩来说，宠物包的空间过于狭小；但对于幼犬来说，应在家中准备一个宠物包，占用空间少，方便携带，款式多样，且价格便宜。

宠物包

在户外，我们也需要更多的宠物装备

↘ 挑选卧具

沙发窝 / 具有极好的室内装饰作用，搭配一些家居，实用性强。

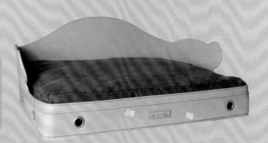

多型窝 / 设计上考虑了狗狗的体型特征，材质柔软而温暖，拆洗方便、便于清洁。

平垫窝 / 没有任何进出的束缚，清理起来简便，更适于夏季使用。

外延窝 / 就像人的软床，也配合外延和枕头的设计，有些甚至还有小被子相搭配，非常美观与实用。

床型窝／根据狗狗的体型大小设计，床上铺垫根据季节不同可有不同选择；更加强调款式和色彩的搭配，多种材质混搭也是其一大亮点。

↘ 掉毛与笼具、窝具

萨摩几乎一年四季都在掉毛，尤其是在夏季、春秋换毛季节，都会给养宠人带来相当大的困扰。

所以，购置笼具、窝具一定要考虑掉毛环节，便于清理的同时也要防止毛团堆积。

尤其是窝具的使用，尽量选取在冬季，而且按上可更换的外套；不可拆洗的窝具最好再外加一层隔离的"铺盖"，避免被搞脏；用容易产生静电、吸毛面料制作的窝具，虽价格低廉，但对萨摩的身体有害，也不易清洗。

当发现笼具、窝具中有掉下的皮毛时，要及时清理，至少做到每日一次；经常用排梳和针梳为萨摩梳理皮毛，既能防止打结现象，更能最大程度地减少在笼具、窝具中掉毛。在遛犬时，准备一个小工具袋，适当地为其梳理皮毛，皮毛就会更加顺滑了。

↘ 笼具、窝具注重品质，以保证健康

笼具、窝具不属经常购买的宠物用品，但有些养宠家庭中，几乎不涉及这方面的"配备"。一来觉得必要性不大，二来觉得放置起来比较麻烦，本来空间就不大的寓所，会更加拥挤。

我的地盘我做主！

萨摩的长毛有时
真是令人烦恼

4卫生+清洁+除味

萨摩的被毛飘逸而灵动。但是，如果对动物的皮毛过敏，最好到专业的医院做一个过敏源的测试；如果有哮喘等疾病的家人，也要先进行诊断，并采取有针对性的措施，不要过多地和萨摩接触，尤其要在家中适量地加大湿度，防止家中漂浮着过多的飞毛。

所以，养宠家庭环境的卫生也关系到家庭中每一个成员的身体健康，尤其是有老人和小孩的家中，更要注重卫生、清洁、除味。

萨摩每日都要外出遛弯，难免携带一些细菌或病毒；几天下来，白色的被毛就会脏脏的，不仅有灰尘，还会挂上一些"小零碎"；外出郊游，会粘上草丛中尖锐的"小果食"，还有可能遇到体外的寄生虫……这样，每日回家前最好先对萨摩进行"卫生"清理，避免家居环境的二次"污染"。

随着萨摩的成长，个头越来越大，建议给予它一定的区域限制，尤其是卧室、厨房、沙发以及有地毯的地方，一方面避免让萨摩多接触，另一方面，要定期做好彻底清洁。

萨摩自身的体味并不是很大，但或多或少也会让家中存在"狗狗"的气息。例如，狗狗的皮毛护理不当、细小的飞毛、长期不清理笼具和窝具、木质宠物房屋受潮和霉虫滋生、外出刮蹭带至家中的异物、自身口腔、耳道、肛门腺体等都会令家中飘散着狗狗的特殊味道。

有效的措施是定期给萨摩洗澡、进行整体清洁、皮毛梳理，经常对笼具和窝具进行消毒、清洁和除味，同时更要有效地护理和清洁其口腔、耳道、肛门腺体等部位。

↘ 环境消毒

● 洁厕消毒

　　彻底清除宠物环境中的病毒、细菌性病原。

● 宠物服饰洗液

　　宠物服饰洗液含有特效蛋白酶与杀虫菊酯，能去除细菌、原虫（卵）和病毒等病原体，彻底消除人、宠接触造成的交叉感染。

● 宠物家庭去味喷雾

　　使用香水等遮盖宠物味道，只会适得其反，还会危害狗狗灵敏的嗅觉器官。宠物家庭去味喷雾可以瞬间中和异味分子，对细菌和微生物的滋生有抑制作用，尤其对狗狗的皮毛和嗅觉系统刺激性小，使用安全。

● 地板清洁剂

　　高超的去污能力、毫无刺激味道、无毒无害、经济实惠。

↘ 无水护理法

● 宠物毛发清洁海绵

　　用清洁海绵擦拭狗狗皮毛，去除灰尘及脱落的皮毛。海绵可反复使用。

● 免洗型臀部清洁剂

　　清洁、灭菌，保护皮毛、皮肤，可每天使用。

● 免洗泡沫香波

　　将泡沫涂抹在被毛上，按摩后梳理整齐，具有滋润、保湿、护理作用。

● 免洗清洁泡沫

　　将泡沫在被毛上抹匀后，用干布擦净，可使狗狗皮毛顺滑，保持清香，并且有抗敏、天然抑菌的功效。

↘ 狗狗味道

● 犬用"古龙水"—精油香波

● 犬用专业香水等

干净清洁，人见人爱

↘ 狗狗厕所

幼年的萨摩，特别是在没有做完防疫前，最好不要外出，乖乖地呆在家；当然，也就少不了在家中安排狗狗上厕所，为爱犬设置厕所，既可以保持家居环境卫生，又可以培养起定点入厕的好习惯。

建议萨摩做完防疫后，慢慢养成其在外上厕所的好习惯；若萨摩成年后，还是在家中上厕所，就会给环境卫生带来很多困扰。

千万不要由于我们的"懒惰"，让萨摩养成在卫生间或自己的笼具中、窝具周围上厕所的习惯，这既是狗狗不喜欢的事情，也会破坏家庭环境卫生的"秩序"。

萨摩幼犬的厕所不宜过大，可以配合使用尿垫和狗厕所，以防止尿液粘在狗狗脚上污染环境；每日对厕所的尿垫进行清理，并对厕所进行消毒。不能为了去除异味，在狗狗的厕所里喷香水或刺鼻的消毒产品，因为那样会对萨摩的呼吸系统造成损伤。

专业宠物清洁用品

狗狗厕所需要定期更换；以PP塑料、高强度树脂材质的为好，易清理、无异味、坚固耐用、设计美观，亦可配合尿垫使用，安有防滑装置、尺寸多样。

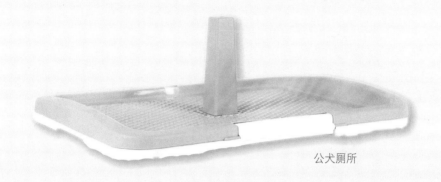

公犬厕所

母犬厕所

5食盆和水具的选择

　　萨摩从幼年到成年，可以选取分开的食盆、水具，相对而言，连体产品都较小。分开设置，可以根据萨摩的需求进行搭配。

　　食盆只是定时、定点、定量地投放食物，不用时最好收起；水具需要全天保持新鲜饮用水，所以要计算自家萨摩一天的饮水量，可根据季节的不同进行调换。

　　有些人习惯在宠物主粮中加入罐头、湿粮等宠物食品，所以对狗狗的食盆在每日使用后应进行彻底清洁和消毒，自然晾干，并和人的食具相分离；萨摩使用的水具最好深一些、盆口大些、盛水量多一些，只是水具本身不要太轻，安上防滑垫不易移动。

　　食盆、水具很容易成为换牙期或活泼好动萨摩的启蒙玩具，如果发现自家萨摩有此"嗜好"，在及时制止的同时，最好是更换食盆、水具的材质、重量、设计，以萨摩不能用嘴咬起、拖动、咀嚼、拉扯为前提。

　　萨摩不宜长期饮用纯净水，最好是烧开的白开水，可适度饮用矿泉水。如果要向水中添加营养品，可先少量试用，并观察狗狗的饮用情况，但并不建议长期添加营养品，最好以白开水为主。

　　在炎热的夏天，即使屋内的温度适宜，也要准备充足的狗狗饮用水，以帮助狗狗散热。

　　变换环境，尤其是携犬外出时，最好为狗狗携带其日常适应的饮水，否则会发生应激反应，加之就医不便，后果较为严重。

食盆、水具并非对狗狗的一次性投资，最好定期更换。

树脂 / 质地坚硬、造型美观、耐磨耐用，但是一旦有所破损清理起来会比较麻烦。

陶瓷 / 重量较沉、款式多样、清洗方便，只是容易被摔裂。

金属 / 耐磨性、抗咬性俱佳，方便清洁，也会变成萨摩的喜爱玩具。

塑料 / 质地较轻、花样繁多、价格低廉、多有防滑设计，但容易被咬坏和破损。

仿骨质地 / 抗摔、抗磨、抗咬，价格合理，重量较轻。

旅行用水壶 / 不用额外携带水具，携带方便，随喝随用。

自动补水器 / 适合饮水量较大的萨摩，能够自动补水，卫生、清洁。

6 安全与防范

萨摩小时候，被单独放在家里，开始会非常警觉和好奇，对家里的各处都想探个究竟。没有人理它，小萨摩也会找些能玩的、能咬的、能带来撕扯满足感的东西自娱自乐。

小萨摩还憋不住尿，一天下来也要"便便"好几次，经常单独在家，会将家中搞得"乱七八糟"。

首先，保证了防范措施的到位，也就保证了萨摩的安全，那么，限定活动区域是最好的办法。在活动区域内，睡觉区、运动区、排便区、饮水区，缺一不可；可以在睡觉区内放置一些玩具，而且许多萨摩都有在睡觉区吃东西的习惯，可以准备少量宠物咬胶，让其消磨时光。

关于限定区域，许多朋友首先想到的是笼具，无论是对小萨摩还是成年萨摩都不能图省事，笼具是限定区域的"好方法"；当然，想到笼具的

限定区域

另外一个原因，是可以让它在笼具内进行大小便，使用托盘，便于清理；而且，有些家庭会尽量购置大些的笼具，并将窝具、水具、食盆、甚至尿垫、玩具什么的都放进去，这样似乎能解决卫生和安置狗狗的分区问题。

但是，表面看解决了限定区域的"问题"，也有利于家中的环境卫生，而笼具只是萨摩的"栖身之所"，并不是萨摩的"家"。

使用围栏或围挡，对于小萨摩来说更加合适；但对于成年萨摩对于围栏或围挡的效果都一般，它非常不耐烦被围着，总是试图出来，毕竟大型犬的力量和能力是很难用围栏或围挡限定的。

萨摩的活动区域最好远离房门周边，无论是否有人进出，都能够最大程度地避免打扰到狗狗；同时注意饮水、环境温度等细节，在人离开之前，做到仔细查看。

疏忽大意引起的安全隐患

萨摩从小就对周围的环境抱有很强的好奇心，在慢慢熟悉了家中的环境以后，偶尔也会搞出一些"新花样"，搞一些"小破坏"。

每日都要留意，离家前是否已经收起萨摩触手可得的电源插座、人的各种零食和食物、将垃圾桶中的垃圾及时清除、手机充电器、电器遥控器等，每一个疏忽大意，都会给狗狗的"奇思妙想"埋下安全隐患。

定期检查笼具是否出现金属丝外露、窝具里是否存在遗留很久的食品残渣、垫子以及铺垫物是否干净并经常消毒、遗留在各处的毛发是否已经清理干净等。

萨摩的家也是我们"家"中的一部分，也经常是细菌、病菌的"滋生地"，定期为萨摩梳理皮毛、修剪毛发，让我们的家更加温馨。人宠同乐，共享幸福。

狗狗的家充满了温暖

SAMOYED

第4章

萨摩狗狗
玩个痛快

萨摩有着对自由的渴望、对运动的迷恋，对"玩乐"的永不满足！在家里，萨摩可以有更多的玩具，想方设法地消磨每日的时间；在外面，萨摩喜欢闪电般奔跑，在树林、海边寻求自我的"陶醉"，当然，它最喜欢的事情，就是和我们一起开心地游戏、玩耍，它高兴，我们更高兴！

玩乐的过程也是运动的过程，狗狗可以磨牙、锻炼四肢的协调性；

玩乐的过程也是学习的过程，社会化的进程中，缺少不了玩乐；

玩乐的过程也是奖励的过程，狗狗会觉得只有做得更好，才能得到玩乐的机会；

玩乐的过程也是信任的过程，主人和狗狗之间的亲昵和睦在玩乐中得到释放；

玩乐的过程也是享受的过程，狗狗有太多可爱的地方让我们回味无穷。

先让我们看看陪伴萨摩一辈子的"快乐"首选吧！

1 萨摩玩具排行榜

↘ 五星级：球类玩具、刷牙玩具、磨牙玩具

球类玩具／球类玩具花样繁多、颜色诱人、材质各异，有塑料球，橡胶球、网球等还有些附加声音设计，狗狗玩起来乐趣多多，在运动中，也让机体更加健壮！

刷牙玩具／刷牙绳形式多样，有的和球类玩具相结合，质地紧密的材质不易被狗狗咬坏和拆开，类似须状的绳头便于狗狗用牙撕咬，避免了家中家具、物品被啃咬，还能将牙齿、牙床的结石彻底清除，保持口腔清新！

磨牙玩具／磨牙是狗狗闲来无事消磨时光的"乐事"，磨牙玩具不仅美味可口，而且不易被吃掉，附加的各类微量元素和洁齿成分，给狗狗带来快乐的同时，更有效洁齿！

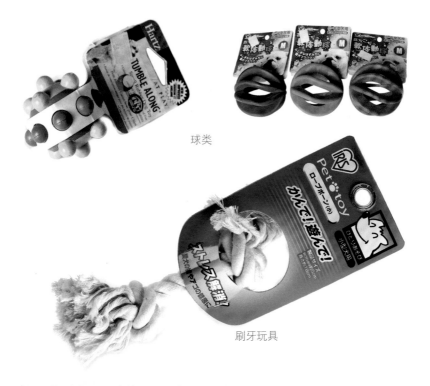

球类

刷牙玩具

↘ 四星级：毛绒玩具、延时玩具

毛绒玩具 ╱ 高品质的毛绒玩具，质地柔软、造型可爱、不易掉毛，胆子小的狗狗更容易接受，会使它们有安全感，减弱焦虑和攻击情绪，当狗狗叼着倾心的毛绒玩具找我们玩时，不要拒绝呀！

延时玩具 ╱ 可将小颗粒的零食、犬粮放到玩具中，随玩随吃，美味既能让狗狗消磨时光，又充满情趣。

毛绒玩具

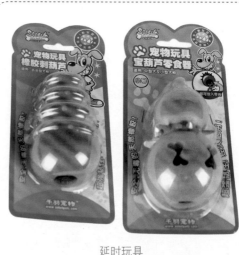

延时玩具

↘ 三星级：发声玩具、训练玩具、橡胶和尼龙玩具

发声玩具 ╱ 通常是聚乙烯或乳胶玩具。当狗狗叼起玩具时，就会发出各种声响，开始狗狗会有些还怕，而熟悉后，这种回应会将它们的好奇心理完全激发起来，让它们越玩越上瘾！

训练玩具 ╱ 飞盘、牵绳网球、高尔夫球等，都是可以训练狗狗敏捷、跑动、搜寻的好"东东"，发现狗狗的兴趣点，增加它们的"行动花样"，更是增进与狗狗感情的不二之选。

橡胶和尼龙玩具 ╱ 这类玩具不易被狗狗咬坏，也不容易造成撕咬后误食后果。

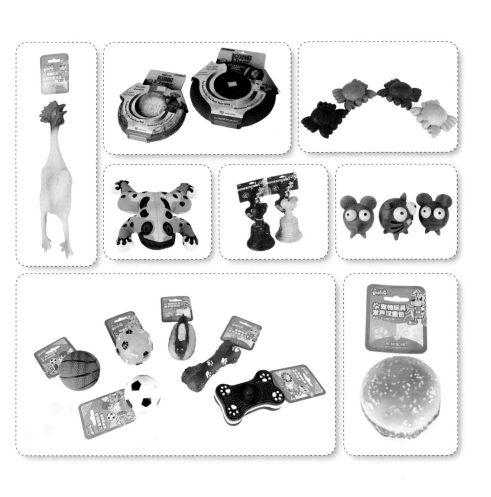

　　以萨摩的个性，更容易对球类玩具、刷牙玩具、磨牙玩具感兴趣，这类玩具的核心是要有互动性，也就是说，萨摩喜欢在玩此类玩具的时候有人陪伴，一起游戏；准备毛绒玩具、延时玩具，可以让萨摩在家也能很好地消磨时光，太单一的玩具会让萨摩将精力转移至家居等物品上；发声玩具、训练玩具、橡胶和尼龙玩可在遛犬、外出游玩时，吸引狗狗的注意力，并且能给萨摩更多的游戏选择。

　　从小培养萨摩对各类玩具的兴趣，并非单纯为了玩乐而玩乐，对于萨摩的身心成长有太多的好处，同时，给萨摩的玩具需要常换常新，要了解不同玩具的功效，避免一个种类购买多个，最好是多个种类同时进行选择。

2玩耍不忘安全

↘结伴携犬玩耍最安全

拥有同一个品种狗狗的朋友，最容易相互结识和一道玩耍，我们称为"狗友"。饲养不同品种的狗狗，在携犬外出时，最好结伴同行，不要随意将自己的狗狗交与他人，注意有时会由于环境的变化发生跑丢、很难唤回的危险！

↘及时制止狗狗捡食不卫生的食物、异物

我们要仔细观察玩耍的环境中，是否有容易发生危险的异物（例如：玻璃、铁丝、荆棘灌木是否有刺等），更要注意是否有被投递鼠药、杀虫剂等可能引起中毒的情况。察觉狗狗误食后，及时让其吐出，并检查是否吞咽和其他不良反应。

牵引绳的使用

　　萨摩的注意力容易分散，有些玩耍中潜在的危险，它们不易察觉，所以在陌生而复杂的玩耍环境中，还是以牵引为好；在空旷、平坦或较为熟悉的环境中，可以让它们尽情享受自由，但要以其能听到我们的呼喊并被召回为前提。

玩具不是吃的

　　现在的玩具不仅样式千变万化，而且连味道都有了！但我们要永远记住：玩具不是吃的！一旦狗狗在玩耍中吞咽玩具，后果会相当严重！尤其是对于喜欢撕咬的萨摩，选择玩具时，要注意大小、材质、易坏程度和玩耍安全说明。

玩具就是玩具

　　萨摩自己找来的不一定都是玩具，还可能有我们的家具、各式鞋子、橡胶手套、窗帘、电源插座、充电器、手机等，这些危险无处不在，所以，当我们敏锐地感觉到萨摩有可能"破坏"到我们的生活，甚至威胁到它们自身的安全时，就这些危险品统统地"束之高阁"吧！让它们可望而不可及。

玩具不能吃！

硬骨头藏祸患

我们要把吃剩的硬骨头，包括大棒骨等要及时处理掉，而不能作为玩具给狗狗玩耍。如果被萨摩翻出来并藏起来慢慢享用，一方面，不卫生，极易引起肠道疾病；另一方面，尖硬的质地会损伤狗狗的牙齿，万一吞咽过程中划到肠道，真是后悔莫及！

狗狗打架起事端

萨摩不会主动向其他狗狗公然"挑衅"，但也有强烈的"警示"本能。不过，萨摩体形虽大，但并非凶悍强壮，几声嚎叫就会使那些好斗的狗狗"忍无可忍"了，难免出现"撕咬"。

这时，绝对不可"恋战"，"多一事不如少一事"，及时唤回自己的狗狗，用牵引绳将其尽快带离现场。一旦出现打斗，切勿用手或身体进行阻挡，防止狗狗情急之下对人产生更大的伤害。

控制玩耍时间

无论是多么贪恋玩乐，都要及时使萨摩停止玩耍。萨摩每天有个1～2次，每次40分钟到一小时的玩耍便足矣。

萨摩是好动的狗狗

⬎ 剧烈运动后马上喝冷水的教训

剧烈运动后，马上饮用冷水，会加剧喉咙、食管、消化器官的收缩，严重时会导致死亡！切勿尝试！

⬎ 给萨摩系上一个"身份证"

将主人的姓名、联系方式、电话号码、狗狗的名字等基本情况一一写清楚，以便在跑丢后寻找。

狗狗身份证

3 找地儿玩

在城市里生活的人们发现，饲养萨摩一类的中大型犬，已越来越难以寻觅到能携犬开心玩乐的地方了。大自然中的环境差异大，尽管外出多数都是开车，但由于萨摩的年龄、社会成熟度、训练认知度、性格活跃度、体质健康等差异，在选择目的地，以及玩乐的内容时都要仔细斟酌，否则，可能刚出发，"意外"就会让我们"打道回府"了。

以下针对游泳池、海边、林地、度假村的具体情况以及萨摩的不同特点，给予一些建议和意见。

↘ 不同年龄的选择

年龄在五个月以下的萨摩幼犬，还是避免去此类非常不熟悉的环境，而且，好奇心重、体质较差、旅途劳顿、环境变化都会引发爱犬身体上的应激反应、出现"麻烦"的概率较大，也会影响人们的正常旅行安排。

下面介绍一下幼犬、成犬在游泳池玩耍时的相关事项：

选择浅水游泳池、
小溪、小河

课程要点

■ 系好牵引绳，我们需要随时相伴，以防不测；
■ 下水前，我们要帮助幼犬进行热身运动；
■ 穿上泳衣的幼犬会更加自如地掌握游泳方法；
■ 当幼犬感觉紧张时，我们用手轻轻托举其腹部，让萨摩放松下来；
■ 携带玩具在水中引诱幼犬向前划行；
■ 如果幼犬非常紧张、恐水、不耐烦，则需要休息一下，保存萨摩的体力；
■ 及时纠正幼犬在水中的姿势，不能一个劲地蹬腿，要保持前后肢协调地划水；
■ 经过反复训练，幼犬会逐步习惯和喜欢游泳；
■ 游泳池中含氯，游泳过后要及时清洗。

成犬可独自在水中畅游；
将萨摩喜欢的玩具放置在水中，增加游泳的趣味性。

选择深水区、安全的河道

及时将狗狗皮毛吹干

游泳特别贴士

★ 我们最好不要勉强一些恐水的萨摩学习游泳；

★ 身形较大、比较强壮的成犬更易掌握游泳要领；

★ 学习过程中，要不时地鼓励萨摩，并注意游泳时间不宜过长；

★ 不必过分苛求成犬的游泳水平，并时刻注意安全；

★ 勿忘训练萨摩及时上岸，让它们明白"回来"的指令；

★ 携带吸水毛巾，尽快为萨摩清洗身体，擦干皮毛，以免着凉；

★ 天气状况不佳、气温低、有风、萨摩体质不佳、状态不好时，应停止游泳。

游泳池

开始游泳了！

↘ 社会成熟度

　　尽管我们的萨摩在幼年的时候就进入了我们的家庭，但它们的社会成熟度存在较大的差异，一方面，萨摩的天性差异，胆子小、敏感、容易吠叫、依赖性较强、非常任性等，社会成熟度较低；另一方面，我们对萨摩溺爱、放纵、百依百顺等，使它的社会成熟度变低。

　　下面介绍一下社会成熟度不同的萨摩在海边玩耍的情况：

社会成熟度较低或第一次去海边的萨摩：

- 选择风平浪静的海边；
- 先带着萨摩在海边慢跑、热身，逐渐接近海水；
- 将牵引绳牢牢握在手中，不允许萨摩到处乱跑；
- 撩一些海水在萨摩身上，观察其反应，也便于学习游泳；
- 不要强迫萨摩接近海边，同时，要时刻注意海浪对不谙水性的萨摩造成危险；
- 遇到不熟悉的狗狗尽量避免冲突；
- 海水中含有盐分，游泳后要及时用清水洗净。

社会成熟度较高或经常到海边的萨摩：

- 养成距离主人20米以内的习惯；
- 随时都可以听从主人召唤回到身边；
- 对于牵引绳比较熟悉，在伸缩牵引绳活动区域中进行玩耍；
- 容易适应海边的复杂环境，每次游泳时间控制在20分钟左右；
- 超过30摄氏度的海边，不适合长时间在阳光下活动；
- 海水中含有盐分，游泳后要及时用清水洗净。

↘ 训练认知度

在萨摩第一天进入我们的生活，一直到我们想带着它们外出玩耍，这时要问问自己，我们的萨摩做好准备了吗？

许多时候，我们会把训练想得很"玄妙"，很难很复杂，其实，所谓训练认知度就是让萨摩知道该做什么、不该做什么以及做到什么程度，接触的事项越多，萨摩的认知度就会被训练得越高。

下面介绍一下训练不同认知度的萨摩在林地中玩耍的要点：

牵引绳在海边很重要

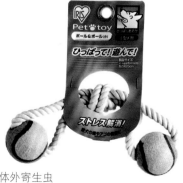

宠物玩具、防治体外寄生虫

训练认知度低的萨摩：

■ 不要选择起伏较大的山坡和草甸，以视野较为开阔，环境平坦为好；

■ 牵引绳不可离手，以伸缩牵引绳为好；

■ 习惯到处闻或者喜欢随意捡拾东西的要及时制止；

■ 对于有针刺类灌木、林地内的水域、没有走过的山路、林道都要避免让狗狗单独等待和自我玩耍；

■ 不要随意在林中投掷玩具让萨摩寻找，许多未明地带会划伤萨摩的脚垫或扭伤它的脚；

■ 在林地过夜，睡前一定要拴牢爱犬，并时刻注意萨摩的动向。

训练认知度较高的萨摩：

■ 山路、林道不要过于崎岖，时刻观察萨摩的体力情况；

■ 可以安排一些互动类的游戏，以免让萨摩觉得总是自娱自乐；

■ 不能只将外出作为一种生活的放松，在外出时，还要锻炼萨摩服从、理解的能力和水平；

■ 在萨摩没有去过或不熟识的环境，可以先引领它们，尤其是在密林中，很容易迷路和失去方向，还是不要以过高的标准挑战它们的"嗅觉"；

■ 最好结伴而行，有狗狗的人、宠组合在一起，间隔距离控制在30米以内为好；

■ 保证萨摩的休息，不勉强其随行；切勿将狗狗锁在车内离开，最好有专人看护；发现身体异样，及早改变旅行日程，配备宠物小药箱能够应急。

携带狗尿垫以防不测

↘ 性格活跃度

多数萨摩的性格活跃度都很高，不过，有些公共场所即使允许携宠前往，也还是要多注意不要影响到其他人。

携带狗狗窝具

携带狗厕所以防不测

下面介绍一下在度假区（村）玩时，要留意的情况：

- 保持度假村内房间的整洁、干净，尤其是勿让狗狗在室内便溺；
- 外出遛犬要携带清洁用具；
- 提前预订，问清是否可以携犬前往，周末人多、犬多，防止犬只发生意外；
- 避开旺季和高峰时段，居住环境会更加舒适；
- 遇到风雨、高温天气，防止狗狗淋湿感冒或中暑生病。

给我玩！

4 一块玩吧

和我们的萨摩一块玩，对锻炼其身体体能和健康非常有益，同时，也为双方建立良好的信任关系、提升萨摩的行为"教养"奠定引导的基础。

在玩的过程中，多准备一些益智玩具，可以在益智玩具中放入美食，以增添游戏的"趣味"性，也可以选取难度大、具有挑战性的游戏，让狗狗充满期待。

↘ 抢夺占有游戏

萨摩的天性本来就很"粘人"，对与人一起做游戏充满着好奇心与愿望。这是使用玩具与狗狗做游戏的一种简单方式。

首先我们要观察这类有绳、有声响、有手柄的玩具的大小是否符合萨摩的体形。游戏是人与狗狗进行互动的过程，过大的玩具，狗狗会感觉有压力，并产生恐惧，太小的玩具，不能产生两者间的"较量"，也有可能出现游戏中狗狗"胜"多"输"少，而易于失去兴趣。

抢夺游戏最好使用型号较大的咬胶，牙齿尚未发育完全的萨摩可以选取中小号，尽量避免力量过大地"撕扯"，造成牙龈的损伤。

抢夺游戏，一定要让萨摩"输"多"赢"少，在保持其新鲜度的同时，控制它们的占有欲望和强者心理，萨摩性格中的"不依不饶"是以"服从"为前提的！

一起玩耍最高兴

↘ 球类巡回游戏

无论是球类还是其他物品，如果我们的萨摩特别喜欢将此类"东东"捡回，那么"游戏"的时间就变成了"训练"的时间。

这样的巡回游戏，很好地锻炼了狗狗的运动、奔跑、猎取的能力，同时，巡回"捡拾"成功，我们也要时不时地对它们进行奖励（切记：不是每一次），但千万不要一味地赏励食品、零食，有时候轻柔的抚摸、热情的拥抱、赞美的话语、欣赏的眼神都会让狗狗感觉到一种信任、一种激励、一种幸福。

巡回游戏，不能要求一蹴而就，距离的远近、寻找过程的难易程度、不同"东东"对狗狗的吸引刺激，都会关系到游戏的"成败"，切记不可选取过重、过大的球类，萨摩很容易厌倦和放弃，但无论如何，狗狗的哪怕一次成功，都是"最棒"的！

各种球类

游戏也是狗狗的最爱

哈，发现你了！

↘ "躲猫猫" 游戏

萨摩并不喜欢"迎难而上"、"坚持到底"，而是喜欢我们更多地给予它鼓励和爱抚。我们在和它玩"躲猫猫"游戏时，开始要让它较为容易地找到我们，也要控制双方的距离不要过远，让萨摩较为轻松地享受游戏的乐趣。但萨摩的注意力易受外界影响和吸引，很容易停下来四处张望，所以不宜在过于复杂的环境中玩耍，树林、公园都是不错的选择。

在"躲猫猫"的过程中，要让萨摩能够听到我们的声音或呼唤，当它们出现在我们面前的时候，我们可以表现得很"惊讶"，并试图"躲避"，这时狗狗会更加兴奋地追上来，它那快乐的眼神、摇摆的尾巴，让我们欢作一团！

另外，也可以使用哨声、固定的声响、呼唤萨摩的名字，将"躲猫猫"游戏变成"唤回"的训练，这对于狗狗非常重要。

5玩乐宝典

准备好健康防疫证

↘ 携带所有的证明资料和必备药品

外出前，对萨摩的全身进行一次健康检查；准备好狗狗的健康防疫证（注意有效期时限）。适当地携带乘晕宁及体温表、外伤药品以及宠物专用消化类药品、宠物抗菌消炎类药品、宠物体外寄生虫驱除药品，以防意外。

↘ 了解目的地的环境和状况

携犬前往，要考虑目的地的特点，是否适合萨摩。对于萨摩来说，行程的安排要更加缜密，运动量适当，以防变换环境所引发的应激反应，导致狗狗生病或不适。

目的地的环境是否适合萨摩呢？

↘ 针对狗狗性格做好行程安排

如果狗狗从小受过较好训练，对"唤回"、变换环境都有很好的适应，可以放宽狗狗行动的自由。反之，则要时刻保持狗狗在主人的视野范围内；不怕一万就怕万一，务必要准备一个信息筒，将主人姓名、地址、联络方式、电话号码、狗狗的品种、名字、生活习惯大致情况写明，放置到信息筒中，并系牢挂在狗狗脖项上。

↘ 狗狗旅途用品不怕多

狗狗在旅途中和家中的情况差别越小，其适应力就会越强。所以给狗狗日常使用的用品不要怕多，犬粮、日常饮用水、犬窝、牵引绳、玩具、食盆水具、零食等都要携带，按照旅程的时间，放置有序，便于拿取。

↘ 准备好车内航空箱

尽管可以将狗狗放置在车内后座上，或者使用肩背式犬链，但最好还是在车内准备一只大小合适的航空箱，既能保证行车中的安全，也能在目的地放置宠物。

↘ 别忘了我们的宝贝

无论行程怎么安排，都不可把狗狗单独放置，并要抽出时间，观察狗狗的饮食、便溺、精神、身体状况的变化。

车内要安置好航空箱

↘ 结束行程后

愉快的行程结束后，要仔仔细细检查狗狗身上是否有体外寄生虫，并使用防御性滴药防范。为狗狗彻底清洗身体，对于湿疹、皮炎、脚趾炎症的隐患要急早发现，并向专业人士咨询，以防扩散。察看是否有外伤以及化脓迹象，如有马上就诊。

SAMOYED

第5章

萨摩狗狗
吸引眼球的本领

1 整洁和干净

　　萨摩要想更加吸引人，不仅要白色纯正、皮毛丰富、手感润滑、光泽度好、飘逸柔顺，当我们俯下身想抱抱这个宝贝的时候，口气的清新、无异味，也标志着狗狗的健康及良好的"素养"。

↘ 口腔卫生

● 宠物牙膏套装
　　不含发泡剂和甜味剂，有效清洁去除口腔异味。

● 宠物清新口腔护理液
　　特含抗牙菌癍，预防牙菌斑和牙龈疾病，保持健康的口腔环境及清新的口气。

● 除口臭芳香丸
　　迅速清除爱犬因消化疾病、口腔疾病和饮食不当引起的口腔异味。

● 口腔消臭喷雾
　　特含香草成分，有效去除宠物口腔异味。

● 洁齿饮用水
　　配合高浓度洁齿配方，稀释后可日常饮用。也有无须稀释，直接饮用的。

↘ 宠物用品卫生

萨摩平时使用的宠物产品：包括食盆水具、笼具窝具、宠物玩具都需要定期清洁。

食盆水具，最好每日都进行消毒和清理，要将洗涤剂彻底用流水冲刷干净，然后自然晾干。

笼具窝具可以采取阳光暴晒的消毒方法，用胶条将散落的皮毛粘干净；平时需要清洗时，先使用碱性小的清洁剂浸泡，清洗后暴晒消毒；每两周，就要进行清洗和消毒，适量使用柔顺剂防止静电的产生。

宠物玩具最好不要使用洗衣机进行洗涤，用过量的洗涤剂即使晾干了也会对狗狗的健康有害。所以，最好使用专业宠物产品消毒剂，而且不宜与人的衣物混洗。

2萨摩的日常护理

1

切勿在萨摩很脏时或粘上脏东西很久后才考虑为其洗澡。

2

对萨摩的双层毛质需要在洗澡前将皮毛上的泥沙、污渍、粘连的草粒、枝杈清理干净，使用吹水机或柄梳顺毛仔细清理，对于打结的皮毛切勿用力拉扯，尤其是胸前、腿跟等部位直至皮毛全部梳透、梳松散，没有毛结。

 3

洗澡前，准备好洗澡设备、专业洗护产品、吸水毛巾、浴液稀释瓶
（盆）；洗澡时，最好穿上防水围裙，便于操作，防止淋湿。

4

一次性将需要使用的宠物浴
液进行稀释，使用时便于倒
取，不建议直接将浴液涂抹
在宠物皮毛上。

5

先用手试感水温，夏季以温水为主，冬季以不烫手为好。

6

淋水时，避免水流进萨摩的耳道，口、鼻、眼部位同样要小心；先冲淋身体和四肢、尾部，最后冲淋头部。

7

冲淋应及时调整水流，一定要将萨摩的皮毛完全冲透，及时制止萨摩淋水后甩水的行为；挤肛门腺注意手法（位置是八点二十分），让萨摩从幼犬时就适应定期挤肛门腺，保证健康。

8

在给萨摩的四肢、身体和尾巴涂抹浴液时，使用稀释瓶或倾倒稀释盆内的浴液，可分次进行，避免一次性倒出太多，造成浪费。

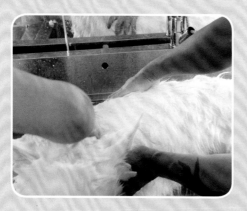

9

用指腹轻轻揉搓，包括脚趾中缝，只有使浴液充分与皮毛接触，才能达到清洁和护理的功效；手上的力量不能太小，也不能太大，但一定要将浴液揉透。

10

在头部的清洁中，清理眼部的分泌物时，避免浴液进入萨摩眼部、耳部，此时萨摩会不断地舔舐浴液，尽量让其少接触。

11

冲洗浴液，不仅同样要注意水温，不使水进入萨摩眼、鼻、口、耳，而且，要彻底将浴液冲洗干净，残留的浴液会造成皮毛受损。为了显现更好的皮毛效果，可以用具有亮白成分的洗毛精再洗一遍。例如，耳边的饰毛、胸前、腿部等位置，也可以使用少许浴液原液涂抹，更能达到增白亮白的效果。只是，最后务必要冲洗干净。

12

使用护毛产品，会使萨摩的皮毛更加蓬松和丰富。同时使用营养皮毛的产品，能最大程度地美化、防止打结、消除静电、预防脱毛。最后，使用吸水毛巾，尽量将萨摩全身的水吸干，不用大力地揉搓皮毛，以防毛质受损。

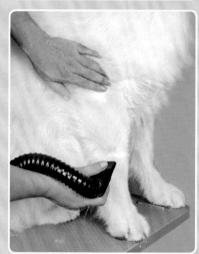

13

最好使用大功率吹水机，对萨摩进行顺毛吹风。被毛、胸前是毛质最厚的地方，要有耐心，一点一点地吹干；头部是萨摩最不喜欢被吹的位置，会经常躲闪和逃避，要养成它从小就肯让吹水机吹头的习惯，否则，长大以后，就更不愿意让人碰其头部。

配合柄梳和针梳，将皮毛从上到下、从前到后、从里到外，一层一层地边吹风边梳毛，待八成干后，换为吹风机，用中档温度彻底吹干。尤其注意：颈下、腋下、腹股沟、脚趾间，保证全身皮毛蓬松、透彻、飘逸。

14

效果出来了，看看我们的萨摩多么漂亮！所谓：功夫不负有心人，我们的悉心护理，使我们的萨摩更加靓丽灵动！

温馨提示

★ 宠物洗浴用品包括：宠物专用浴液、护毛产品（营养产品）、吹水机、吹风机、排梳、柄梳、针梳。

SAMOYED

第6章

萨摩狗狗
减肥不是梦

在我们身边，萨摩越来越多了，时不时，我们就会看到有的萨摩真是一只"小胖子"，体态臃肿；在后面看，屁股还一扭一扭的，活像一只"大白熊"。

很少有人在萨摩刚进家门的时候，就开始制定一个科学饲养的规划，所以一晃大半年过去了、一年两年过去了，它们什么时候不知不觉地胖起来，我们都没有关注过。

　　现在宠物生活的规律基本上和我们一样，尤其是日益忙碌的工作，使我们在家的时间越来越少，无奈中，只能压缩让萨摩运动的时间、一起玩乐的时间，连和萨摩交流的时间都变成了喂食、给予零食时，高兴地抱几下，便扭身做自己的事情去了。

　　萨摩的肥胖，一方面源于运动缺乏，另一方面，应该是饮食饲喂问题。对于任何一个主人，如果控制不好投喂给狗狗的食物量，而且做不到定时、定点、定量，都将很难保证其体重的标准、身体的健康。

　　我们总是将"乖宝宝"的昵称送给自己的爱宠，总是想方设法地把食物当做犒赏它们的法宝，其实，狗狗的需要也表现在很多层面，吃并非是唯一的关爱渠道，试一试更多的快乐方法，让狗狗享受更多的美好生活吧！

人的美食会增大狗狗肥胖的概率

拒绝狗狗对我们的一切
讨好，从幼犬开始喽!

1 怎么胖了这么多？

　　"以胖为美"对于狗狗而言似乎是健康的代名词，我们经常会将胖乎乎的模样、胖乎乎的身体，连身上的肋骨都摸不到了，腰部无线条……作为狗友间炫耀的话题，但是，我们听不懂狗狗的话，也体验不到胖狗狗的感受，只是一相情愿地让狗狗胖起来，实在有些"不公平"！

↘ 肥胖八大诱因排行榜

● 排名第一：

　　得到了太多的食物（包括宠物零食）。

● 排名第二：

　　很容易地从我们手里得到了人的食物。

● 排名第三：

　　长期处于能量过剩或能量消耗缓慢，缺乏适量的运动导致肥胖。

● 排名第四：

　　家庭成员对萨摩的食欲要求态度不统一，有的坚决抵制，而有的却来者不拒。

● 排名第五：

　　随着年龄的增长，狗狗会出现体重激增的现象。

● 排名第六：

　　遗传因子影响代谢调节因子的浓度及活性。

● 排名第七：

　　绝育手术后的代谢率将减少20%～25%，食欲更加旺盛。

● 排名第八：

　　公犬肥胖率较低于母犬。

↘ 肥胖的后果

　　许多狗狗肥胖后并非很快出现疾病的征兆，尤其是年龄渐长后，发病的概率非常大。毛色光泽欠佳，食欲减退、迟钝、嗜睡、脱毛，还有关节炎、骨质疏松、骨折、腹泻、心脏病、糖尿病、肾脏疾病、肝病、淋巴腺疾病、乳房肿瘤、呼吸困难、充血性心率衰竭、血压升高、皮肤病等。在手术麻醉过程中、康复过程中所面临的由肥胖引起的问题更多，因此需要引起我们的足够重视。

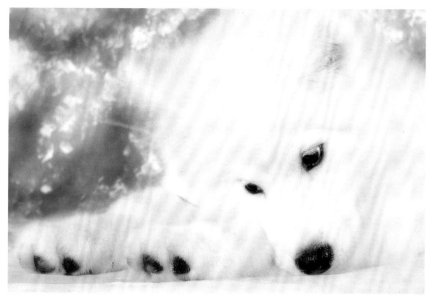

不让吃，就不高兴了！？

我很乖，再吃些不行吗？

我还小，再吃些也不会有多胖的！

国际上，计算萨摩身体肥胖的方法，设置了5个级别：过瘦、偏瘦、理想体重、肥胖、过度肥胖。

过瘦：体重低于标准体重85%，皮下无脂肪，骨骼突出；

偏瘦：为标准体重的86%～94%，皮下脂肪较少，骨骼突出；

理想体重：为标准体重的95%～106%，有一些脂肪，能摸到肋骨；

肥胖：为标准体重的107%～122%，有一定的脂肪，很难摸到肋骨；

过度肥胖：为标准体重的123%，有很多脂肪，完全摸不到肋骨。

肥胖提示：狗狗脂肪在26%为正常。

2 减肥有必要吗?

由于年龄、品种、体质、营养结构的差异，萨摩的标准体重为：雄犬在27千克右右，雌犬在20～22千克之间。

如果超过标准体重的30%，就可以界定为肥胖。如果已经确定我们的狗狗属于肥胖，减肥有必要吗？

（1）减肥可以减少萨摩的健康隐患、保持正常发育。

（2）减肥可以让萨摩的寿命更长，陪伴我们的时间更多。

（3）减肥的过程更是了解狗狗、科学饲喂、学习更多养宠知识的过程。

（4）减肥有利于更好地计划养宠开支与消费。

苗条的身材让我更上镜!

3减肥有计划

　　给萨摩减肥，不是一朝一夕的事情，稍见成效便停止，更易引起反弹；同时，减肥的过程也是自我克制、自我要求、自我坚持的过程，主动权是掌握在我们的手中。当我们看到狗狗那楚楚可怜的眼神，就有可能妥协、放弃帮它减肥，导致以失败告终！

　　减肥计划，最好每两周为一个周期，同时制定一个减肥体重对比表，检验减肥成效。

● 食物攻略

　　（1）少食多餐：每天饲喂要让狗狗少食多餐，将1～2次变为3～5次，定时定量，依据不同体重，投喂相应的食量，切不能一味地减少食量；

　　（2）减肥食品：寻求有针对性的减肥宠物食品，并仔细查看营养配比表中脂肪的含量，并非以减肥作为影响身体健康的代价；

　　（3）营养搭配：要保证蛋白质的摄入充分，而碳水化合物的比例要降低。

● 行动坚决

　　（1）严禁饲喂人的食品、高能量宠物零食"直面"狗狗，应改为低脂肪、高纤维、低热量的宠物食品；

　　（2）减肥期间，要清理所有狗狗能翻出、找出食物的地方，甚至对垃圾桶、食品储藏间都要"严加防守"，不给狗狗可乘之机。

● 有理有节

　　（1）减肥期间，更多地给予狗狗呵护和陪伴，选择的玩具也要注意防止其啃咬后吞咽；

　　（2）将减肥成果进行"公布"，张贴在容易看到的地方，鼓励自己坚持到底！

减肥成功!

燃烧脂肪！

4 运动才健康

为萨摩制订一个切实有效的减肥运动计划，并非一件容易的事情。

"运动"计划"准备"要点：

■ 时间的准备：每日都要准备进行运动的时间，任何季节、工作、生活的借口，都只会让我们越来越懒，放弃计划；

■ 互动的准备：要准备一些能够和萨摩互动的玩具和"招数"，运动的过程不是人宠一起傻傻地往前"飞奔"；

■ 地点的准备：多想想能够给萨摩带来新鲜感和激发运动兴趣的地点，不要总是围着"社区"的楼前楼后，还有巴掌大的街边草坪；

■ 体力的准备：妄图只让萨摩做运动，我们在一边观战聊大天的想法，是不可能的；我们同样要和萨摩一起付出体力、付出辛苦，当然，我们也能从中得到锻炼和运动，何乐而不为呢？

生命在于运动!

外出多运动吧!

↘ 游泳运动

■ 选择安全卫生的游泳场所，最好选择池底渐缓式步入的设施；

■ 诱导萨摩自行下水，需要耐心地安抚消除狗狗对水的恐惧；

游泳池

■ 入水后，撩一些水在萨摩身上，避开其头部，消除狗狗的不安，并试图和狗狗玩一会儿；

■ 待狗狗适应了水中的环境，可以将玩具抛掷到浅水区，并鼓励狗狗将其衔回；

■ 无论是在岸边跟随萨摩前游，还是看着它在浅水玩耍，都要不停地呼喊狗狗的名字，并进行引导；

■ 并非对每只萨摩都可以训练跳水，对极易恐高的狗狗还是要谨慎；

■ 多只狗狗在游泳池内可以增强狗狗的自信，更快地适应游泳运动；

■ 游泳运动后，需要及时清洗被毛，由于萨摩的皮毛厚而长，最好不要采取自然晾干，应及时到附近的宠物专业美容场所，将皮毛进行彻底清洗并吹干，防止皮肤病的发生；

■ 游泳作为"水疗法"，既是有氧运动，又不会加重脚部的负担，水流动中的轻柔按摩，在得到健康护理的同时，也可以进行减肥。

124

↘ 有氧运动

通过每日坚持不断的散步和慢跑，增加萨摩的运动量。

在遛狗过程中，尤其是每天中一段距离的步行，无论是对我们自身还是狗狗都能促进心脏健康。

而且，行走过程不能是闲庭信步，最好是快步行走，让萨摩有小跑的感觉，大概15分钟后，休息一小会，再继续15分钟；对于老龄犬，步行不宜过快、过远，而要有张有弛地进行。

不宜吃完饭后马上快走，天气不好，可以适当进行调整或改成其他计划。

带领萨摩慢跑，每周最好在三次左右，每次15分钟以上。狗狗可能一会就累了，或者赖着不走，干脆卧在地上，这时，要多鼓励狗狗，以游戏带运动，给予一些奖赏，完成每次的锻炼任务。

坚持就是胜利！！

↘ 游戏运动

进行游戏运动，最好避免在住家的楼前楼后，当萨摩不想运动的时候，很容易坐在地上，认为反正离家很近，有的干脆就回家休息了。

所以，最好将其带至临近小区的开阔场地，选取有坡度的场地、有上下的楼梯，通过衔取宠物玩具、飞盘等，增强运动的乐趣。

↘ 运动强度

如果平时萨摩少有运动，而当我们有假期的时候，就拼命带着狗狗外出玩耍和运动，试图通过突击的方式为萨摩减肥，这样很难取得预期效果。

另外，不能为了减肥，无限制地增加运动量，有心脏病、关节炎、小肠疝气、呼吸系统疾病的狗狗更要循序渐进，选取合适的运动次数、频率、强度、方式等。

↘ 注意营养均衡及休息

经过适度地运动后，要补充适度的蛋白质、减少碳水化合物的比例。睡眠、休息同样重要，体力恢复不好，身体也不会强健起来。

选取宠物玩具、飞盘，增强运动乐趣

SAMOYED

第7章

萨摩狗狗
行走四方

萨摩不像玩具犬、小型犬，由于体形的缘故，在外出活动中要考虑的问题必然复杂一些。同时，无论去哪里，对于一只宠物犬来说，变换的环境都不可避免地带来紧张和恐慌。如果主人时刻在身边还好，如果是独处，心理的压力可想而知。所以，携萨摩出行最好是时时陪伴在它身边或者以短途为主。

1 "行走"秘籍

（1）外出时要携带证明：犬证、宠物健康免疫证、检疫证明。

（2）铁路／机场手续：前往专门动物检疫站进行报验；到达目的地后同样需要报验；回程时还要到当地检疫部门开具检疫证明。

（3）时间注意：检疫合格证明一般是7天的有效期；铁路托运需提前3个小时；航空托运需提前4个小时。

（4）外出时，选择目的地尽量避免未开发的景区、野山、野河、野海，这是享受生活，不是极地探险。

（5）住宿条件不求奢华和完备，但旅程中的萨摩需要安静而舒适地睡一觉。最好提前能和住宿单位沟通好携犬事宜，征询是否能和主人共居一室，休息前，一定要遛犬便溺，保持室内环境卫生。

（6）开车出行，不要怕繁重，最好为萨摩准备航空箱；航空箱既能作为承载萨摩的笼具，更能保证萨摩在旅行中的安全。

2外出的安全

↘ 去海边的安全

安全准备 / 鉴于外出海边住宿条件的限制，我们必须做好充分准备，包括专业犬粮（足量）、零食咬胶（足量）、瓶装水、犬证、多条犬链（包括项圈和牵引绳、伸缩牵引绳）、食盆水具、梳毛工具、吸水毛巾、大功率吹风机。

护理准备 / 洗耳液、洗眼液、棉签数包，每次海边玩耍后要仔细检查眼睛、耳朵、皮毛、脚垫等。

生活准备 / 大量塑料袋以及纸巾、湿纸巾。

药品准备 / 外伤药、纱布、消毒碘酒、棉花、滴耳液等。

↘ 去森林、湿地的安全

安全准备 / 在森林、湿地经常是露营，免不了有蚊虫和各类爬虫，许多植物带刺、果实也带刺，这些都或多或少给萨摩带来影响，尤其是梳毛工具、清除体外寄生虫的外用药不可缺少。

护理准备 / 洗耳液、洗眼液、棉签数包，玩耍后要仔细检查眼睛、耳朵、皮毛、脚垫等，尤其是观察皮毛是否有外伤和体外寄生虫。

药品准备 / 外伤药、纱布、消毒碘酒、体外寄生虫药品等。

处理外伤的宠物喷剂

护理用品在外出时不能遗忘

3 旅游快乐走四方

确定行程：自驾车携犬旅游有多远

- 200千米以内，短程旅游，郊区周边，各类度假村，1～2天；
- 200～500千米，游览周边景点，沿海城市，2～3天；
- 500～800千米，边行边游，尽享畅快旅途，3～5天。

食物和饮水

- 旅途中，尽量不要让萨摩吃太多的食物，保持其体力即可；
- 使用饮水器或宠物专用水瓶，避免狗狗将水盆打翻；
- 不要随意打水，或让狗狗私自饮水，避免造成肠胃不适和腹泻。

一定要携带旅行用宠物饮水器！

宠物
饮水器
PET DRINKING BOTTLE

↘ 航空箱和座位

- 将航空箱、座位安排在合适的位置；
- 最好在航空箱和座位底部放置尿垫或垫子；
- 准备一些塑料袋，在狗狗呕吐时使用。

航空箱是携犬旅行中的必要物件

旅行开始了！

4文明的表现

　　无论我们是在社区，还是在私人"领地"中，虽然都没有面对"非文明"的处罚，但做一个文明的养犬人既是公民的公德体现，也是对周围邻里的尊重。

↘ 我们是文明人

- 携带方便袋及时收起狗狗的便便；
- 遛犬时，避免在公共设施或汽车轮胎行便溺；

我是文明的"乖狗狗"！

- 在道路上要主动规避老人、孩子、孕妇和怕狗的人；
- 狗狗向人吠叫，要及时制止；
- 公共遛弯的地方，一定要牵绳；
- 对于不友好的狗狗，最好牵绳离开，避免纷争；
- 最好远离人多、人杂的地方遛犬。

↘ 文明"一绳牵"

● 绳牵的感觉

很多主人往往认为绳牵会让狗狗不自由、自己还要腾出手来很麻烦、对于听话的狗狗来说必要性不大。其实，文明一绳牵，更重要的是安全一绳牵。

幼犬开始对绳牵非常不适应，宁可被拖拉着一步不走，也不喜欢被拴。应让狗狗从小就明白，绳牵就是"外出"、"玩乐"、"和主人一起"的代名词。

绳牵的作用是控狗，也就是说是我们"牵"狗，而不是狗"遛"我们。绳牵要将狗狗控制在自己的左侧（也可以在右侧），不"超前"也不"落后"，绳牵绝不能过于紧，力量的控制只是让狗狗服从性地不乱跑。

使用绳牵，可以很好地对狗狗进行服从性训练，要多给予狗狗鼓励、夸奖，让狗狗不仅能熟悉绳牵，也能喜欢上绳牵。

绳牵的好处多多！

绳牵全攻略

首先，让我们先了解一下日常的两种绳牵种类：

● 项圈牵引带

- 时间长了会影响脖颈上的皮毛；
- 项圈能起到很好的装饰作用；
- 比较容易控制狗狗。

推荐指数 ★★★☆☆

● 胸背牵引带

- 穿戴比较麻烦；
- 肩部用力均匀；
- 防止腿部退出；
- 适合萨摩幼犬使用。

推荐指数 ★★★

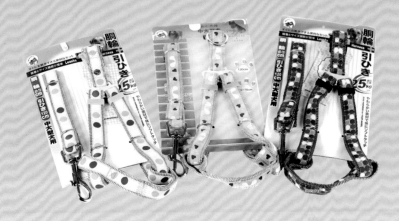

● 萨摩绳牵最佳组合

A 蛇形链+ B伸缩牵引绳

A 蛇形链

■ 坚固结实;

■ 不勒卡狗狗脖颈、很少磨损萨摩颈部被毛;

■ 价格较贵。

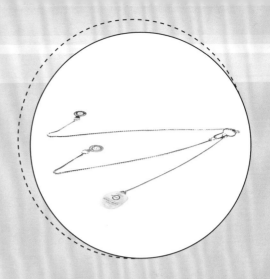

B 伸缩牵引绳

■ 选择中大型犬的型号,带状绳更加牢固;

■ 具有一定的自由跑动空间;

■ 紧急情况不能制止意外发生;

■ 不适合性格暴烈的狗狗;

■ 品牌产品效果好、耐用,但价格较贵。

推荐指数　★★★★☆

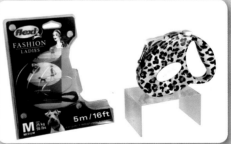

↘ 其他相关产品

● 口罩

携犬外出时，为了避免狗狗随便捡拾脏东西，或误食毒物，可佩戴合适的口罩、嘴套。

● 止吠器

止吠器并非对所有喜欢吠叫的萨摩管用，但一定程度上可以在不应该吠叫的场所使用，能最大程度地避免扰民。

● 身份证（信息筒、信息坠等）

养成给萨摩佩戴身份证的习惯，即使跑丢或出现意外，被找回的概率也会很大。

↘ 随车的装备

● 车载安全胸背或航空箱

表层防水质地加之柔软棉质内衬，将狗狗放于后座的右侧，保证狗狗安全。

● 带碗式便携水壶

出水快、折叠式碗容量大。

● 牢固而操作便利的伸缩牵引绳

● 闪光宠物胸牌

可方便在夜晚寻到狗狗，胸牌内还有狗狗ID记录卡片。

● 大量塑料袋

随时随地做好垃圾、便便的清理工作，做个"文明人"。

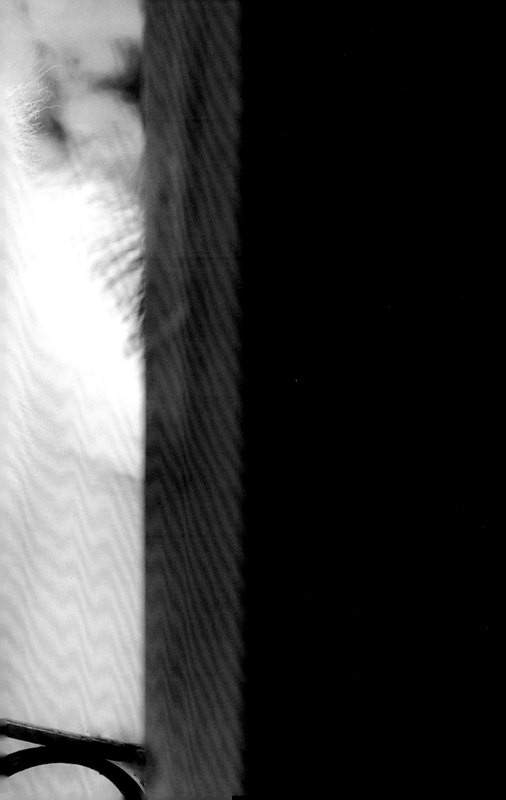

SAMOYED

第8章

萨摩狗狗
家中百宝箱

萨摩狗狗的多数时间是在家中度过的。在家里，不仅需要有温暖的氛围、宽大的空间、愉快的玩伴，还需要有更多的准备。家中备有百宝箱不仅可保证萨摩的健康，更是我们的责任。

1 护理百宝箱

　　萨摩的皮肤是弱碱性（PH值约为7.5），而人的皮肤是弱酸性的，所以狗狗的皮肤不适合使用人用护肤产品。人用护肤品更容易洗去狗狗皮肤表面的油脂，造成干燥、瘙痒，产生皮屑、皮炎，极易出现皮肤病。

　　萨摩的皮肤构造较人的皮肤要薄许多，大概只有3～5层，相对也很脆弱。狗狗的毛发生长是周期性，并非连续性，萨摩是典型的"脱毛"犬种，需要经常梳理。

　　过于频繁地护理狗狗的皮毛，由于狗狗的汗腺不在皮肤上，会使狗狗脱毛、毛发稀疏，狗狗不能说话，只能"逆来顺受"、"有苦难诉"。

↘正确选择宠物洗护产品

　　萨摩的毛质很粗糙，使用过多的护毛乳液，会将香波残留中和后，影响毛质硬度，选择低刺激性香波更合适；萨摩的皮肤生长周期在20天左右，如果每天都进行清洗，身上分泌的油脂减少会刺激皮肤；分泌的油脂具有很好的保护作用，过于频繁地清洗，极易引起皮肤病，夏季10天一次，冬季15～20天一次为宜。

　　目前市场上的浴液种类很多，针对不同功效的浴液，可以有的放矢地选择：

全效型／一般价位较低的浴液，基本保证清洁功效。

低沫型／低过敏、无刺激、易冲洗，不残留洗液。

草药型／要注意草药成分是否会使敏感皮肤产生不适。

增色型／也可以解释为"还原色"，使萨摩的皮毛颜色清澈白亮。

药物型／针对狗狗不同皮肤的情况，详细阅读说明书后，在宠物医师或专业人员指导下使用。

燕麦型／使萨摩皮毛更加光滑柔顺，有止痒作用，注意在被毛上停留时间要短。

除虫型／具有较强的清洁作用，驱除体外寄生虫还是需要专业药物，使用此类浴液皮肤会比较干燥，不适合冬、春两季。

干粉型／俗称"干洗粉"，粉末可以起到一定的杀菌、清洁、增香的作用。

干洗水／专业皮毛清洗产品，不用清水冲净，能达到清洗、蓬松、护毛的功效。

宠物洗护产品使用的误区

● 宠物洗护产品二合一最好、很省事吗？

原则上讲，洗、护分开对于萨摩的日常护理是最合适的，如果是家庭使用，不要选取过于低廉的洗护产品，洗护产品并非只是将皮毛洗干净，更主要的是对皮毛起到清洁、护理、营养、柔顺、减少静电等作用。

● 宠物洗护产品种类太多，该怎么为萨摩选择？

日常使用，选择洗、护产品就可以了，有的品牌也会包括幼犬无泪配方或全犬种的，对于萨摩还是更强调清洁、还原白色、滋润、顺滑、除静电等效果。

● 家中萨摩的毛白一块、黄一块，能洗掉吗？

如果是幼犬，部分萨摩会出现某些部位的黄毛，如果仔细拨开黄毛部位的毛根，是白色的，就不必担心日后会是黄色的，也不必要过多的清洗。

● 家中萨摩总是把自己搞得很脏，清理起来很麻烦，怎么办？

饲养白毛犬的确是个比较纠结的问题，不过，专业的宠物美容、洗澡场所会帮助大家。

● 已经选购了很贵的宠物洗护产品，为什么自己在家按说明书操作，效果却不好？

昂贵的宠物洗护产品只是完成了效果的一个部分，还需要有一些皮毛护理、梳毛理毛、吹风手法、皮毛修饰，才会让我们的萨摩看上去更加英姿飒爽。

● 宠物洗护产品分春夏秋冬的不同吗，对萨摩使用时，有什么要特别注意的呢？

空气比较干燥的时候，使用一些补水和滋润成分的洗护产品；夏季，以清洁、保湿为主；冬季，需要含有更多的护理、防止静电和润泽成分的洗护产品。

↘ 萨摩的家庭皮毛护理

■ 萨摩的毛质浓密、手感粗糙，如果不进行每日梳理，蓬松、浓密的被毛极易打结，使用日常梳理毛发的工具，针梳、排梳即可，先逆向梳一遍，再顺向梳一遍，最好用手一层一层地轻轻梳理，防止生硬拉扯出现断毛，即使是细小的毛结也最好梳开。

■ 较长时间不梳理被毛，容易形成毛结，最好不要用剪刀自行剪掉，请专业美容师操作，可避免划伤萨摩的皮毛。

■ 为防止萨摩被毛打结，需要定期洗澡、护理；也可以由专业美容师进行剪短造型，切勿不要自行剃毛，可能会因方法不当造成毛囊受损或皮毛颜色的变化。

■ 日常护理中，要在萨摩饮食、饮水后及时用干布或纸巾将胸前饰毛擦拭干净，有条件的可使用低档吹风机将湿毛吹干。

多种工具

↘萨摩的泪痕清理

■ 在萨摩眼部周围会出现泪痕的分泌物，每日用专用泪痕清理产品或纯净水蘸上棉签进行轻轻擦拭；也可以饮用一些去泪痕的口服液，抑制泪痕生成。

■ 不可忽视定期剔掉萨摩的脚底毛，脚底毛过长会影响狗狗运动、奔跑，抓地摩擦变小，对喜欢运动的萨摩来讲，骨折也易于发生。

宠物专业泪痕清洁产品对萨摩很重要

↘ 萨摩的耳道清理

　　每日都要检查萨摩的耳道，观察是否干净、检查是否无异味；用棉签配合宠物专业洗耳水深入耳道进行清洁，有黄褐色或棕色分泌物，需要及时清理；发现耳道肿胀，必须及时就医。

↘ 去除体外寄生虫

● 药剂驱虫

　　特点

　　快速杀灭、安全可靠、使用方便。

● 功效保证

　　特点

　　杀灭虫卵和幼虫、防护期不低于2个月，对过敏性皮炎、疥螨、壁虱、蚊虫叮咬有防护功能。

● 使用剂量

　　大型犬滴剂／40千克以内。

洗耳水

去除体外寄生虫保证不污染家庭环境

● 包装类型选择

喷剂 / 速杀体外寄生虫，以治疗为主。

滴剂 / 常规保护和防护，不进入体内和血液循环。

● 使用攻略

喷剂 / 距离萨摩身体被毛10～20厘米逆毛喷洒，保证全身被毛湿透；佩戴一次性安全手套按住狗狗全身；避免萨摩眼部、着重喷洒狗狗腹部、胸部、颈部、尾部和爪子；不可使用吹风机或毛巾拭干，自然风干为好。

滴剂 / 将包装类型合适的滴剂（1.34毫升）一次一管，滴在狗狗肩胛骨间被毛皮肤上，每小滴间隔1厘米。

● 使用注意事项

避免萨摩舔舐药液，导致中毒。

2 健康百宝箱

狗狗健康的知识或情报是以什么方式获取的?

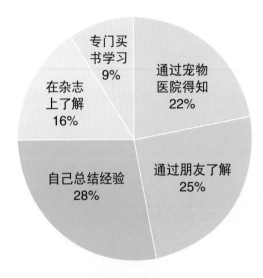

- 专门买书学习 9%
- 通过宠物医院得知 22%
- 在杂志上了解 16%
- 通过朋友了解 25%
- 自己总结经验 28%

↘ 狗狗心理探秘——分离焦虑症

萨摩大多比较"黏人",尤其是当它们楚楚可怜地望着我们离开家时。但当我们关闭房门的那一瞬间,它们会大声地吠叫,使劲舔舐自己某个地方的皮毛,随便尿尿和便便,将能够拉扯的"东东"散乱得到处都是,搞翻所有食盆水具,磕坏家居,上蹿下跳……

根据宾夕法尼亚大学麦考林博士对狗狗的类似现象的分析,由于萨摩对我们过分依赖,即使是短暂的分离也会产生恐慌和不安,而这种"分离焦虑症"心理问题造成的后果,是很难通过训练改善的。

同时,面对萨摩的种种"调皮"行为,责骂甚至武力警示都是收效甚微的。

1)我们必须要坦然面对回家时的满目狼藉,不要发火,默默地将一切恢复原状;

不要与狗狗养成过于亲密接触的习惯

2）我们要对萨摩独自在家抱有理性的态度，无论是出门前，还是进门后，都对它们不必持有过多的"通告"和"表示"，最好连萨摩狗狗那可爱的眼神都尽量回避；

3）我们要有意识地培养它们对我们出门的自然反应，而不是刻意渲染出门的过程；

4）在家与它相伴时，要牢牢抓住相处的主动权。萨摩每次渴望受到关注的时候，我们都一定要给予回应。

防范特别贴士

★ 从狗狗进入我们家门的第一天起，就时刻提醒自己不要过分宠爱萨摩（包括自己的亲人和朋友）；

★ 修正所有与萨摩过分亲密的行为，如在一个被窝睡觉，用嘴喂狗狗食品……

★ 要给予萨摩一定的陪伴、玩耍、相处时间，不要因为自己的忙碌、情绪、劳累而忽视狗狗的存在；

★ 要萨摩幼年时，就训练它们养成自己在家的好习惯。

↘ 建立家庭"爱宠小药箱"

● **外科急救品**

症状／皮肤外伤、骨折、皮肤问题等。

药箱储备

双氧水—清洗伤口；

云南白药—伤口止血；

消炎粉（磺胺结晶）—创伤消炎，涂抹于伤口表面需进行包扎处理，防止犬只舔舐；

紫药水—促进伤口愈合；

红霉素软膏—伤口消炎、愈合，适用于化脓性皮肤病；

小木棒—萨摩骨折时，用于固定骨折部位；

碘酒、碘酊、药棉—局部伤口消炎、消毒。

● **消化道用药**

症状／肠胃不适、消化不良、食欲不振。

药箱储备

多酶片、复合维生素、胃蛋白酶片—帮助狗狗消化、缓解食欲不振；

庆大霉素片—用于消化不良引起的呕吐、腹泻。

定期驱虫保证狗狗的健康成长

提示：喂药方法

★ 混合喂药法：将药片和其他食物（如蜂蜜、奶酪等）混合饲喂；或者放入小面包、小蛋糕里喂给狗狗；

★ 手指递送法：将药片放入狗狗用手掰开的嘴中，尽量用手指将药片放置在喉咙深处，将嘴合拢后，捏住5秒钟，在鼻头处抹一点蜂蜜，待狗狗张嘴时，会舔舐鼻头，便会顺利咽下药片；

★ 药液射入法：先用吸管吸好药液，再使狗狗的头部向上，用手掰开狗狗嘴部，将吸管药液顺势射入嘴中。

● 驱虫药

症状／日渐消瘦、呕吐、便秘、拉肚子，有可能是寄生虫所致，如蛔虫、钩虫、弓形虫、隐孢子虫等。

药箱储备

专业宠物广谱驱虫药、针对某些犬类寄生虫的驱虫药。

● 家庭其他萨摩用药

症状／眼部问题。

药箱储备／专业宠物眼部护理液、去泪痕液。

症状／耳朵问题。

药箱储备／专业宠物耳部护理液、洗耳水。

症状／晕车问题。

药箱储备／安定片等。

提示：用药须知

★ 注意药物的每日服用量、每次服用量、服用时间、服用次数、注意事项等。

备好家庭小药箱，狗狗健康有保障

3 "家训"百宝箱

　　萨摩的服从性很好，耍些小脾气也是常有的事情。但家有家规，作为我们家庭的成员之一，并不是可以不顾"家训"，而肆意妄为。从小就要对它们有的放矢地进行引导，但不要把它们训练成毫无个性的"乖乖狗"。

　　首先，对萨摩要有"家训"，但不是勉为其难的"超高标准"，我们需要循序渐进地进行引导，而不是先设立目标，将我们的狗宝宝培养成一流的"工作犬"。

　　其次，"家训"科目不能一哄而上，一天两个、三个轮番上马，这样，疲于学习的狗狗，不仅难以应付，更会加重受挫感，我们急躁、亢奋的填鸭式"教育"往往会适得其反。

　　再次，"家训"和奖励并重，而奖励和日常饮食、玩耍一定区分开来，"家训"可以在家进行，也可以在室外进行，无论怎样，都要让萨摩明白，我们不是在游戏，是有要求、有目的、有效果的!

　　最后，"家训"的时间长短最好是从3个月到12个月。从进家门的第一天，我们就要和它们建立起一种信任和交流，而不是溺爱和娇纵。

　　准备好一根牵引绳，使用项圈+伸缩绳也可以，最好不要使用胸背等控制力不强的牵引绳，同时让萨摩熟悉牵引绳，对开展"操作"既实用又好用。

　　萨摩会出现这样、那样的"错误"，实属正常，但"狗记性"是说明狗狗的忘性很快，如果我们不能现场纠正"错误"，那就最好视而不见。

　　针对同样的"家训"科目，如果萨摩做对了，我们一定要给予它们鼓励和食物奖励，如果做错了，体罚和斥责并不会让它明白错在哪里?

　　要时刻保持十足的耐心和坚持，即使萨摩有"问题"，也不要使劲拉动牵引绳，动作粗鲁而野蛮，更不能将萨摩"关禁闭"、"关小黑屋"。

　　"家训"永远不能影响我们和萨摩的正常关系，毕竟，以牺牲相互的信任和交流作为"家训"的代价，实在得不偿失。

"耐心"对于狗狗养成
好习惯至关重要

"家训"要从易到难

抓现场最重要

↘ 改掉萨摩的"自以为是"

- 我们的用餐时间和狗狗吃食时间有所差别,我们用餐后再喂它们。

- 零食不能随时给,更多的时候要作为奖励而不是加餐。

- 批评萨摩做错事情要抓"现场",态度要严厉而不是嘻嘻哈哈。

- 萨摩陪我们在外散步,要让其在我们的身旁,而不是在我们的前方。

- 能否进入卧室、上床、沙发……要经过我们批准示意,而不是由它自作主张。

- 对萨摩的食物、玩具等我们要能够随时收取,不需要它们"同意",不能让它们的占有欲太强。

- 狗窝、笼具、狗屋才是它们睡觉的地方,而我们睡觉的床要严格与之区分。

改掉萨摩的怯懦胆小

- 不要让萨摩养成随时随地跟随着我们、寸步不离的习惯。
- 防止萨摩引发分离焦虑症。
- 让它与熟悉的狗狗经常交往、玩耍，增强"社交能力"。
- 对胆小、敏感、易冲动的萨摩，托管寄养要慎重，不让它们有被遗弃、被冷落的心理"阴影"。
- 有意识培养对外界环境的变化、声音的变化、陌生人的接触的适应能力，不要让萨摩有恐惧、敌视、退缩的表现。
- 要保持以爱抚、温柔、理解的态度对待它们，而不是过分严厉地责骂和训斥。
- 对做得好的行为，及时进行奖励和抚慰。
- 培养萨摩的兴趣，尤其是培养对玩具和互动游戏的热情。
- 无论如何，每天都陪伴它们一会，给予我们的关注和抚慰。

多给狗狗一些爱抚

↘ 改掉萨摩的饭桌乞食

■ 被动修正：在我们吃饭时，将萨摩单独放置在另外的房间，置之不理。

■ 主动修正：让萨摩在我们吃完饭后再进食，并对它的前来乞食视而不见。

■ 训练修正：每次吃饭前，将萨摩带到指定位置，明确指令它"安静并等待"。等我们吃完饭后，回到狗狗面前，解除指令，恢复其"自由"。

↘ 改掉萨摩的乱喊乱叫

■ 萨摩吠叫时要马上制止，若不停下来，就继续制止直到停止，并奖励。

■ 吠叫厉害时，给它戴上项圈和牵引绳，用牵动牵引绳、口令对吠叫进行制止。

■ 止吠器是配合使用的训练器具，有弱电、水雾、声响、振动等对狗狗的吠叫进行制止。

特别提示

★ 为了不影响萨摩的"服从性"，尽量避免我们的吃饭时间和狗狗进食时间一致。

萨摩乱喊乱叫的坏习惯必须改掉

160

↘ 改掉萨摩的破坏行为

■ 每日保持给予萨摩必要的运动，精力过剩，会使狗狗想方设法地去发泄。

■ 幼犬在换牙阶段（4～8个月）需要准备有效的咬胶和玩具，缓解长牙期间的不适和焦躁。

■ 从进入我们家门的第一天，就要培养萨摩"自娱自乐"的习惯，破坏行为有时是狗狗"故意"的，想引起我们的注意，我们不必"上当"。

■ 用惩罚的态度对付萨摩的破坏行为，会使萨摩变得怯懦和敏感。

■ 将所有可能造成萨摩破坏的安全隐患尽量消除，让萨摩独处的时候"无计可施"，所以说，防范比收拾"残局"更有效。

好动是萨摩的天性

↘ 改掉萨摩的扑人行为

■ 萨摩扑人，是一个从小就养成的习惯，这个习惯并非萨摩自己养成的，而是我们帮助其养成的。

■ 在萨摩幼年时，想和萨摩打招呼或亲昵不要总是站着，等着它们趴上我们的腿，久而久之就会形成扑人的习惯，萨摩会觉得这样"做"是对的。

■ 当萨摩有扑人的动作时，我们将身体下蹲，躲避萨摩扑人的动作，当萨摩落下前腿后，示意其站好或坐下，待其情绪稳定时离开。此时切勿有过多的"口令"或其他"握手"等辅助动作，避免让萨摩认为，扑人后再"坐"，再"握手"是"对"的。

■ 纠正需要一段时间。当萨摩与他人见面要做出扑人的动作时，必须马上制止。

↘ "家训"的传达表现

萨摩听不懂我们的语言，我们要把"家训"告诉它们，让它们"理解"我们的用意，让它们"明白"我们的主张，让它们知道我们赞同什么、反对什么，这并非难事！

● 肢体语言

赞同、表扬、称许的表示方法，在萨摩看来是我们轻柔而温暖的抚摸。我们要尽量缩小和它的高度差，采取半蹲、半坐的姿势，让狗狗感到安全；突然从身后接触它们，会让它们警觉而不安。

NO!

轻轻地抚摸萨摩的下颚、头部、颈部、背部，它们都会感觉舒服和友善，这也是鼓励和夸奖它们"做得好"的方式！

● 眼神

对视有多种情况，有时是支持和友善的，表明萨摩的行为得到了我们的肯定；有时是一种质询，表明其行为有问题，需要明白要遵从我们的指挥才是正确的；有时是一种警告，表明它的错误做法，已经让我们非常不愉快，只有做到"下不为例"才可以得到谅解……

萨摩一般会主动结束对视，而我们先转移看它的眼神，会让它们感受到自己的"胜利"！

● 言语

我们究竟说了些什么话，萨摩是很迷惘的，但它会从我们的语气中，捕捉到我们传递出的信息，是赞同还是反对，是普通的说话还是有寓意的内容。所以，我们要坚定而明晰，将态度表现出来。

萨摩对言语的理解，或者说对语气的理解需要时间，所以不能一两句话就了事，要让其从神情或行为中明白了我们的意思才能终止。

● 奖励和惩罚

萨摩做得好时，3秒钟内进行奖励；做得不好时，3秒钟内进行惩罚！奖励不能是只要做得好就给予；惩罚要遵循"君子动口不动手"！奖励的表达方式可以用宠物食品、宠物玩具、游戏、抚摸、夸奖的语言；而惩罚

要多鼓励，惩罚才是笨办法！

　　的尺度，只要它们已经用眼神和肢体说明它们"明白"就可以了。
　　体罚只能加剧它们的叛逆和反感，或者产生怯懦、恐惧感。过分严厉的责骂和没完没了地给它们"脸色"，无益于"家训"的指导！

"家训"的特别提示

★ 无论要改掉狗狗的什么坏习惯，我们都要坚持每天"一堂课"，连续两周以上，这绝非1～2天就能成功的！

第9章

萨摩狗狗
宠尚奇缘

1 网络冲浪

网络世界是虚拟世界，但网络世界的精彩给予了我们更多的便利、效率和实惠。我们除了可以阅览网络资讯、图片、音频、视频外，网络消费已经走入了寻常百姓家。网购无论对于日常生活用品还是奢侈品的消费，都具有极大的诱惑力，足不出户，鼠标点击，轻松成交。目前各大网购网站、电子商务平台、网络团购等可谓风起云涌，争先抢夺市场，呈现出前所未有的竞争场面。网络消费相对传统的铺面店、超市、百货商场形成的客户分流、消费分流、市场分流的优势已成定局。

局部地看，宠物经济中，宠物产品的消费成为网络营销的重点。基本上，在网络上进行宠物产品销售业务主要包括以下几种形式。

↘ 个人网络开店

这是数量极其庞大的群体，在一些知名网站的个人网络商店中，充斥着种类繁多的宠物产品。几乎只要说得出的品牌、名称、类型、规格是应有尽有，同样的商品通过价格搜索、区域搜索，很容易查到卖家。在此过程中，还可以享受到进一步讨价还价的乐趣，以及关于宠物产品的各种咨询。

受到个人网络信誉评价的影响，客户往往会选择信誉评价较高的网络商店进行交易。

对于经营业务时间较长，服务较好的网络商店来说，成交量会超乎想象的惊人。

如此海量的个人网络商店，少部分也存在着鱼龙混杂、质量参差不齐甚至以次充好的情况。很多客户在关注价格的同时，会忽视相关的服务，有些商家没有正规的销售单据或销售发票，退换货时推三阻四，不依据国家的相关法令法规，造成了客户经济上的损失同时还影响了自己的信誉。

↘ 业内网站的电子商务平台

宠物经济的媒质承载中，专业宠物网站以其专业性、集中性、宣传性、消费性相对个人网络开店更显品质优势。近几年，宠物网站通过建立电子商务平台，以其货真价实的产品、统一物流配送、合理的价格、良好的口碑信誉赢得越来越多养宠人士的关注。

此类电子商务平台的建立，弥补了个人网络开店中服务环节的不足，尤其是大品牌、受到大众认可的宠物产品几乎都可以选购到。当然，由于各个宠物网站电子商务平台正在不断完善及积累经验的过程中，还不能真正做到宠物商品品种齐全、满足客户的任何需求。

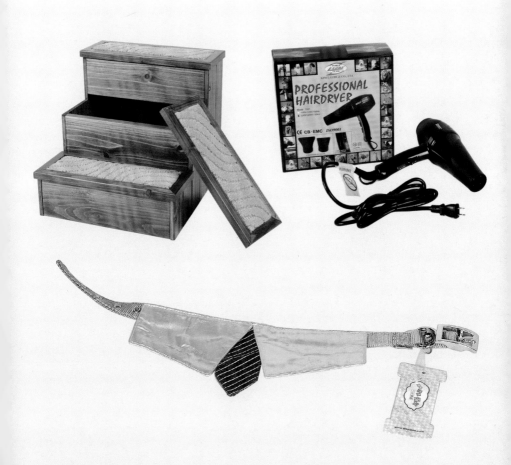

由于运营成本和管理成本较高，在宠物网站电子商务平台上销售的宠物商品在价格上还无法与成本低廉的个人网络商店真正形成的市场"对决"。

网络商店+实体铺面店结合

这是一种被客户最易接受的"结合"销售模式，既可以进行宠物产品的销售，又可以实现货到付款服务。两种业态的相互补充，既可以满足客户对低价格的需求，又可以打消客户对其信誉、实力的怀疑。

客户可以亲自前往实体铺面店，对某些需要了解的宠物产品进行进一步的考察再决定是否购买，甚至可以提出额外的服务要求。

当然，为了避免网络价格与实体铺面店价格自相"打架"，有时也会出现网络上的商品与实体铺面店商品存在差异。

由此，客户在选择此类店面的时候，要注意产品情况、质量、保值期、退换货条款等，做到明明白白消费。

网络团购

新近网络最流行的消费形式莫过于"团购"了。大大小小的团购网站中的团购产品、团购服务比比皆是，只有想不到的团购项目，几乎没有做不到的团购项目。

宠物产品也形成了"团购"形式，甚至宠物美容、造型、宠物托管等都竞相成为团购内容。

客户参加团购，归根结底是想依靠一定的群体数量，集中消费换来更加低廉的价格。宠物产品的团购是新兴事物，是否能够给消费者带来实实在在的实惠，不好定论，但最好不要盲目跟风，理性处之。

至于宠物服务方面的团购，由于无法直观地了解，最好先实地考察，再进行判断，不能被一个"网购"的噱头所忽悠，最后得到名不副实的服务。

2 铺面店消费

相对于网络商店，宠物实体铺面店比较实在，而且一般都比较直观。尽管受到房租及人员成本的影响，宠物店的部分宠物产品价格略高，但毕竟总体的性价比是合适的。

宠物铺面店一般有以下几种形式。

↘ 直营为主的宠物铺面连锁店

通过近十年的发展，国内以直营为主的宠物铺面连锁店正在不断涌现，高投资、精装修、店面大、服务类型多、针对中高端消费人群已经成为此类店面的特点和特色。

品牌消费意识在宠物经济中最先体现的就是宠物铺面连锁店，其树立的品牌形象也培养出了相当数量的固定消费群体。

宠物铺面连锁店有规范的管理、稳定的价格、更多的特色服务。在这里，价格不是问题，宠物需求得到满足是第一位的。

↘ 以加盟店为主的宠物铺面连锁店

提出宠物店经营的全新概念，从店面装修、形象上进行统一，多数为个体经营，宠物服务内容比较灵活，价格设定根据自身情况，比较强调同中存异的效果。

此类加盟店规模一般较小，以社区店为主，资金投入较少，管理水平、业务开展、经营项目基本依靠店主，价格适中，对客户而言，非常便利，很有亲近感。

↘ 自营的宠物铺面店

根据投入资金的情况，在一些社区、临街的主干道上，也经常会看到这种完全自营的宠物铺面店，或装修豪华、设备精良、颇有规模和形象；或简单装修、简单货架、简单业务类型，给人以平平淡淡才是真的感觉；或铺面狭小、货品拥挤、专业服务感觉不明显，什么都可以做，但质量品

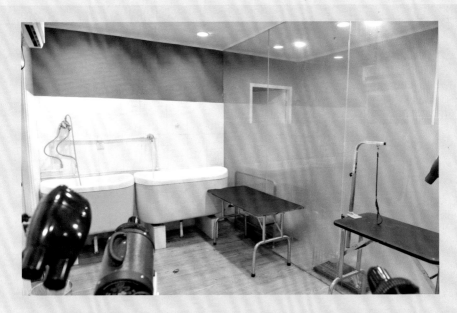

质无须多要求……

　　客户可以根据自己的情况，进行有针对性的选择，核心就是：实惠、满意。宠物消费是一个长期的过程，许多时候，日久生情，买卖双方都会产生更多的"依恋"，这是非常难能可贵的缘分，也给双方带来更多的交往空间，以犬会友其乐融融。

3 消费形式

网络消费现在一般采取支付宝付款、网银付款、货到付款等多种形式。谈及退换货问题，最好在消费前双方进行约定。

会员现金打折消费。很多消费单位都推出一些打折卡，购买或消费一定金额即可办理会员卡，再次消费时，可以享受一定会员折扣。

会员储值打折消费。客户在消费单位办理储值打折卡，每次消费扣卡即可，消费还会赠送积分，积分累积到一定数额，可兑换礼券或服务。

现在，很多客户抱怨到处都是各式各样的会员卡、VIP卡，一个钱包装不下，还要准备一个卡包才行。这也说明，目前客户消费上的多元化，要获取更加低廉的价格、更高品质的服务，客户也要精打细算地选择。

俗话说"买的不如卖的精"，面对林林总总的各样消费形式，为了保证自身的利益，客户在进行宠物消费时不仅要看店家的价格，还要审视其相关服务、品牌的信誉、责任感和大家的口碑。

4 消费理财

↘ 宠物消费分类和选择要素

一般情况下，宠物日常消费涉及以下几个方面：宠物产品、宠物美容、洗澡、宠物托管、宠物诊疗。

其中，消费主要集中在宠物产品上。宠物美容、洗澡更看重人员素质、技术能力、配套设施、卫生消毒条件与管理要求。宠物托管责任重大，责任心、工作态度和托管环境一定是考量要素，价位的高低不必作为必要条件。宠物诊疗由于关系到宠物的健康保证，最好将专业水平高、大众口碑好、就诊方便作为选择。

消费渠道的选择

明确了四大消费内容，客户可以有的放矢地在消费渠道中进行选择。

宠物产品是通过网络或宠物店进行购买的。宠物美容、洗澡追求高品质、VIP服务的可以选择高档宠物会所或专业宠物美容造型场所。若只是解决简单修剪，无须过高要求，社区宠物铺面店是不错的选择，但对流动的宠物美容师上门服务需要审慎。宠物托管，一方面可以依托专业的托管训练学校，另一方面短期托管可以选择临近的宠物店，并签订相关的宠物托管协议，明确双方的权利和义务。宠物诊疗，最好不要相信犬友的秘方或网络个人提供的信息，及时到正规的动物医院就诊，以防贻误治疗的最佳时机。

明明白白消费

无论是宠物产品还是宠物服务，客户都要保存消费收据、票据或者正式发票，当面核查相关内容。对于储值卡消费，要进行签字或其他方式的确认，保留好相关凭证。

家庭中可以进行宠物消费记录，对于每一笔消费支出做好明细，可以了解家庭的财务支出，也可以制定更好的理财规划。

5 派对活动

养犬也是一种结交朋友、交流沟通、联络感情的手段。各大业内网站的单犬种论坛、QQ群、单犬种宠物俱乐部人气都非常高。

参加各种各样的派对活动，不仅可以丰富养宠人的业余生活，也可以在更大的平台上享受养犬的乐趣。

↘ 选择一起郊游

带着狗狗，开着车，三五成群地在阳光灿烂的日子里，选择风景如画的郊外追逐、嬉戏，释放生活的压力，放飞追求美好生活的梦想。

↘ 参与一些专业活动

春暖花开的时候、秋高气爽的季节，各地都会组织有关宠物的专业活动。可以通过这些活动，锻炼狗狗的胆量使其更多地接触社会，培养更好的"交流方式"，同时还能得到专家的饲养建议和意见。

↘ 进行有特色的训练

萨摩的乖巧人尽皆知，进行一些敏捷、花样、智能的训练，既可以增进主人与爱宠的信任和沟通，也可以在朋友面前展现时赚足面子。

↘ 留下宝贵的画面和视频资料

目前，数码相机、便携式高级数码相机甚至单反相机，已经走入大众生活，和爱犬在一起的时候，不求专业拍摄，但有意识地留下一些美好的瞬间、好玩有趣的视频，传到博客、微博上，让更多的朋友分享自己的快乐时光，一定是惬意的!

6 更多的宠物时尚消费

　　宠物时尚消费，不仅是一种全新的消费理念，随着宠物经济的发展，也成为更多养宠人的生活情趣与品质要求。

↘ 宠物主题公园

　　这是专门为宠物提供各方面服务的活动场所。各类人的休闲设施，狗狗游戏、玩乐的场地全面开放。还包括专业的宠物训练器具、宠物游泳池，适合不同体型宠物的分区设计，让养宠人与自己的爱宠，自由地享受生活的悠闲与惬意!

↘ 能携宠共享的主题餐厅

　　这里既为人提供美味佳肴，也为狗狗提供平常吃不到的精美点心和食物。环境优雅、气氛温馨，或许还会见到新朋好友，谈天说地，消磨时光之余，更加装点品质生活!

宠物主题公园

↘ 能携犬共享的度假村

　　这是很多朋友梦寐以求的生活！在假期中，带上自己的爱犬，告别都市的喧嚣、回归自然的怀抱，好好地消遣每一分钟。早起看朝阳，日落赏夜景，没有无关事物的打扰，享受难得的幽静和自在！

↘ 精彩纷呈的人宠摄影

　　作为人像摄影的新新类型，人宠摄影已经被越来越多的养宠人接受并喜欢。一个人会有几个十年？而我们的爱宠大多仅有一个。在这十年中，爱宠陪伴我们，小至生活的点点滴滴，大至生活的变迁，都与我们共同经历和见证。

　　用镜头记录与爱宠在一起的经典时刻，用镜头留下与爱宠在一起的美好瞬间……